I0749410

# Hay una bestia

INCENDIARY
Collection
*Homage to Beatriz Guido*

*Homenaje a Beatriz Guido*
Colección
INCENDIARIO

Elssie Cano

# HAY UNA BESTIA

Nueva York Poetry Press LLC
128 Madison Avenue, Oficina 2NR
New York, NY 10016, USA
Teléfono: +1(929)354-7778
nuevayork.poetrypress@gmail.com
www.nuevayorkpoetrypress.com

***Hay una bestia***


ISBN-13: 978-1-958001-06-6
Paperback

© Incendiary Collection vol. 5
(Homage to Beatriz Guido)

© Publisher & Editor-in-Chief:
Marisa Russo

© Editor:
Francisco Trejo

© Literary Editor:
John Estrada González

© Graphic Designer:
William Velásquez Vásquez

© Layout Designer:
Montezuma Rodríguez

© Autor's photograph:
Autor's personal archive

© Cover Artist:
Alexandre Cabanel
*The Fallen Angel*
Fragment / Oil in canvas (1846)
Fabre Museum, Montpellier, France

Cano, Elssie
*Hay una bestia* / Elssie Cano. 1ª ed. New York: Nueva York Poetry Press, 2024, 376 pp. 5.25" x 8".

1. Latin American Literature

1. Ecuadorian Fiction. 2. Hispanic American Fiction 3. South American Literature

Para mis hijos Giselle Massaro y John Cano
y mi sobrina Michelle Bravo-Cano

*Inhumanidad, n. Uno de los signos y cualidades características de la humanidad.*
AMBROSE BIERCE
*El detallado diccionario del diablo*

*The planet is fine. The people are fuck.*
GEORGE CARLIN

*Y la esposa de Lot fue advertida de no mirar atrás*
*donde habían estado toda esa gente y sus casas.*
*Pero ella miró atrás, y yo la amo por eso,*
*porque hacerlo fue tan humano.*
*Entonces fue convertida en un pilar de sal.*
KURT VONNEGUT
*Matadero Cinco*

*Maybe ever'body in the whole damn world*
*is scared of each other.*
JOHN STEINBECK
*Of Mice and Men*

## Por culpa de Calígula

*No olvidemos que las causas de los actos humanos usualmente son inmensurablemente más complejas y variadas que nuestras subsecuentes explicaciones de ellas.*

FYODOR DOSTOIEVSKI

Antes de salir de la librería descubrí el afiche en la pared. En enormes letras rojas decía: ¡Salve Cesar! Más abajo anunciaba, para el fin de semana, la presentación de un documental sobre la vida de los primeros emperadores romanos. Siempre tuve interés, y hasta cierto morbo, por conocer acerca de los personajes de una de las más fascinantes épocas de la historia. Curioso me detuve para observar el anuncio más detenidamente. Rodeados por una serpiente se veían reproducciones de esculturas de cuatro césares y bajo sus nombres las fechas de sus gobiernos. Augusto (27 AC - 14 DC), Tiberio (14 – 37), Claudio (41 – 54), Nerón (54 – 68).

—Falta el nombre del emperador que gobernó del 37 al 41. Los llamados 1400 días de terror —dijo una voz tras de mí.

—Tiene razón, no se menciona a Calígula. Probablemente el dato fue omitido por error o quizás fue hecho a propósito para crear la expectativa —conjeturé mirando de frente a mi interlocutor. Al dar la vuelta me sorprendió ver al tipo aquel. No sé por qué motivos esperaba encontrarme con un hombre de mi edad y no con un joven que a lo máximo contaría unos treinta años. El muchacho alto y flaco lucía una barba corta y espesa, iba vestido enteramente de negro. Cubría la cabeza con la capucha del suéter, ocultaba los ojos detrás de unas gafas oscuras. Por la indumentaria supuse que pertenecía al grupo de escritores y artistas que residían en ese barrio bohemio donde yo también vivía.

—Precisamente excluyen su nombre cuando a mí me interesa conocer cómo el documental enfoca, en particular, la vida de Cayo César Augusto Germánico —dijo el joven con voz que denotaba decepción.

—De la única manera posible que puede ser considerado. Como un tirano. Una persona maligna, irresponsable, sádica, cruel, un sicópata —dije yo.

—Me he propuesto hacer una defensa del personaje, presentarlo como un ser humano sensible, sensato, un estadista consecuente con los problemas del pueblo, y no como el monstruo que la historia se empeña en mostrarnos.

—¿Cómo piensa justificar el abuso del poder, las ejecuciones arbitrarias, las humillaciones impuestas a los senadores, al pueblo en general? ¿Como piensa obviar sus excesos, sus métodos para saciar su inclinación a la violencia? Conocemos que cambió las reglas en el anfiteatro. Él hizo que la lucha entre los gladiadores pasara de ser una diversión popular a un ritual de la muerte, donde uno de los participantes luchaba con una espada y el otro con una red de protección. No contento con eso, para que la carnicería fuera completa, ordenó que los gladiadores fueran utilizados como carnada frente a leones, tigres y osos. ¿Cómo piensa defender su irreprimible apetitito por la pornografía y el sexo? No sólo se acostaba con las mujeres de senadores y generales sino con sus propias hermanas y frente a sus maridos. No respetaba la vida de nadie. Temeroso de ser reemplazado tomó como prisionero a su propio sobrino Gemelus, un niño de catorce años. Lo obligó a quitarse la vida.

—Recuerde que Suetonio escribió sobre el emperador ochenta años después de su muerte, lo que nos dice que no podemos estar totalmente seguros de la veracidad de los hechos. En cuanto a sus interrogantes puedo responderle que todo de lo que se le acusa lo hizo por desquite y porque era lo que había aprendido. Su tío el emperador Tiberio envenenó a su padre, culpó de traición a su madre, a sus dos hermanos los condenó a morir en el exilio. Tenía diecinueve años cuando fue obligado a vivir en la corte imperial de Tiberio. Ahí permaneció como un prisionero por seis años, rodeado de paredes decoradas con pornografía, en un ambiente despótico, libertino y corrupto. Pero esos no fueron motivos suficientes para alterar su conducta, hubo uno más fuerte. Calígula descubrió que la vida no tenía sentido y consciente de esta horrenda verdad decidió vivirla sin hacer concesiones, sin pedir disculpas, con la libertad que le otorgó el poder absoluto.

—Esos razonamientos son ilógicos, nada justifica la violencia, el sadismo, la perversidad sexual.

—Amigo no hay nada más lógico que aceptar que estamos condenados a la máxima injusticia que es la muerte y si ese es nuestro final todo lo que hacemos está bien, todo está permitido. Déjeme explicarle mis razones para tal afirmación. Al asumir el poder, Calígula mostró ser generoso, ofreció sobresueldo a los militares, anuló ciertos impuestos, ayudó a aquellos que bajo el reinado de Tiberio habían perdido propiedades. Como reconocimiento a su bondadosa labor fue honrado con el título de *Pater Patriae*, Padre de la Patria. Seis meses más tarde el césar cayó abatido por una extraña enfermedad. ¿No le parece raro qué luego de recuperarse ese mismo hombre generoso adoptara un comportamiento opuesto y empezara a actuar con crueldad? ¿Qué ordenara ejecutar a la gente sin tener un juicio? ¿Qué forzara a cometer suicidio a Macro, el guardia pretoriano que mató a Tiberio para que él fuera emperador? ¿Qué iniciara una campaña de humillación contra senadores y aristócratas? ¿Qué propusiera nombrar cónsul a Incitatus, su caballo? Calígula no estaba loco, Calígula había descubierto que estaba vivo en este mundo donde sólo había espacio para su humanidad, que no tenía ilusiones ni esperanzas y sin ninguna sorpresa ni esfuerzo se convirtió en la bestia que todo hombre lleva por dentro.

—Joven lo que dice no tiene sentido, todos sabemos que vamos a morir y no por eso nos convertimos en monstruos. Como ejemplo extremo tenemos a Cristo, sabía con certeza que moriría y aun así fue piadoso hasta el final.

—Usted sigue sin entender. Todos vivimos como si no nos diéramos cuenta de estar vivos porque adquirimos la costumbre de vivir mucho antes de adquirir la de pensar. Imagínese que un día pensamos en nuestra humanidad y nos preguntamos ¿por qué, para qué? Entonces es cuando tomamos conciencia de nuestra realidad y vemos que ocupamos un lugar en el espacio, en el tiempo. Con dolor descubrimos que nos quedan dos alternativas. Una, la esperanza de seguir viviendo como podamos porque es mejor vivir si la vida no tiene sentido. Dos, colgarnos por el cuello porque sabemos que la vida no tiene sentido. La gente que se destruye, que se suicida, es porque tomó la segunda opción. Es cierto, todos sabemos que vamos a morir, pero si no estamos conscientes esa inevitable verdad no tiene ninguna importancia. Al contrario, si estamos conscientes de nuestra mortalidad entonces todo deja de tener sentido. En cuanto a su ejemplo extremo, es justo reconocer que tenemos la capacidad tanto para la bondad como para la maldad y depende de nosotros decidir. Cristo, que, entre paréntesis, murió cuando Calígula tenía veintiún años, soportó esa lucidez porque se aferró a una esperanza, creía que la muerte no era el final de todo. Todo lo opuesto en el caso de Calígula, para él la esperanza no tenía cabida y murió de mala gana. En cierta manera los dos eran seres inocentes y torturados que conscientemente o no buscaban la muerte. A pesar de que fueron otros los encargados de arrebatarles la vida pueden decirse que los dos se suicidaron. Luego, los hombres y el tiempo se encargaron de absolver al uno y condenar al otro.

—Usted es un blasfemo, cómo se atreve a hacer esas comparaciones y señalar que tanto el uno como el otro eran inocentes. Cristo fue un hombre piadoso, abnegado y el otro un loco, un degenerado.

—Amigo, inclusive los actos de amor se realizan por egoísmo y sirven para satisfacer las propias necesidades. Ahora que, por capricho, por miedo o por oficio, se puede ser bueno o malo. Los dos fueron hombres y no podemos culparlos por actuar como seres humanos conscientes de saberse vivos y agotar todas las posibilidades que la carne les permitía. El uno bueno, el otro malo, eso es lo de menos, igualmente el mundo quiso y quiere que se los castigue con la muerte. Ambos son culpables de actuar con completa libertad cuando el resto no está permitido de hacerlo, cuando el mundo de los hombres ha establecido reglas que se deben respetar. Cristo debe morir para poner fin a las provocaciones y la piedad. Calígula debe morir para poner fin a los excesos y la crueldad.

Iba a refutarle esos argumentos impíos y absurdos cuando un conocido nos interrumpió. Pedí excusas para intercambiar saludos con el amigo y cuando volví para continuar con la charla el extraño joven había desaparecido.

Ese sábado en la tarde regresé a la librería para ver el documental. Al llegar a la sala, la recorrí con la mirada en busca del joven y sin encontrarlo tomé asiento en la última fila. Sin ningún entusiasmo seguí el segmento dedicado al emperador Augusto y al llegar al de Tiberio me levanté y salí. Fui al bar que estaba enfrente y solo en una mesa bebí cinco, seis, ocho copas de güisqui. No estaba acostumbrado al alcohol y al día siguiente no sabía ni cómo pude llegar a casa. Ese fue el comienzo. Algo que no sabía definir no me permitía vivir en paz. A los cuarenta me había divorciado, diez años más tarde mi única hija contrajo matrimonio y desde entonces vivía solo. Disfrutaba de mi soltería, salía a divertirme con los amigos y las mujeres completaban mi dicha. Y de la noche a la mañana me atacó una rara enfermedad. Todo lo que me llevaba a la boca me caía mal, me sentía cansado, decaído, adquirí una palidez de muerte, las ojeras me cubrían la mitad de la cara. Todo dejó de tener sentido, inclusive mi trabajo como técnico de sonidos para un canal televisivo que tanto me divertía se volvió aburrido. Sin poder sobreponerme a la depresión me alejé de los amigos, dejé de ver a la mujer con la que empezaba una relación y abandoné el trabajo. A los cincuenta y seis ya estaba acabado y mientras me emborrachaba, en mi cabeza comenzó a fijarse una maligna idea. Compré una pistola para estar preparado para un evento del que ni yo mismo sabía definir.

Tarde y noche me la pasaba metido en aquel condenado bar frente a la librería. Los que me conocían de seguro que ya no podían reconocer al hombre seguro y galante de sólo meses atrás en el sucio y maloliente mamarracho en que me había convertido. En mi camino al bar pasé junto a la librería y de pronto me detuve al ver el afiche anunciando la presentación de un joven escritor. Era él. A pesar de no llevar la capucha sobre la cabeza reconocí al extraño personaje con el que mantuve aquella maldita conversación. *Deliciosas perversiones,* viernes a las seis de la tarde, leí y releí el título y la fecha de presentación grabándolos en mi memoria.

Aquel viernes llegué tarde a la presentación porque antes me había detenido en el bar a tomarme una copita y cuando me di cuenta ya tenía cinco o seis dentro. Haciendo zetas entré en el salón de lecturas, tumbé una silla al piso y todos se volvieron para mirarme con enojo. El joven levantó la cabeza para, por un instante, mirarme sin verme. Por supuesto que no me reconoció y continuó leyendo. "Cada vida depende del camino que se escoge en un momento dado. Como la suerte siempre estuvo de mi lado escogí el apropiado y vine a dar al paraíso. Supe que estaba en el paraíso porque cuando la puerta se abrió escuché la música de los Rolling Stone y me invadió una corriente de aire olorosa a yerba cortada y polvo de ángeles que me chocó el cerebro. A poca distancia estaban varias mujeres luciendo sus encantos físicos, y como siempre me ha gustado ir al grano, ni corto ni perezoso me acerqué al grupo y me dejé llevar por el cuerpo divino de una morena. Cada cosa tiene un uso, cada momento un porque y en ese momento mi anatomía estaba hecha para el placer."

—¿Dónde quedó la vida sin sentido? ¿Dónde los seres inocentes y torturados? ¡Embustero, usted es un maldito blasfemo! ––me levanté y grité sin poder escuchar más de esa sarta de porquerías.

—Señor tranquilícese, ese es el tema de otra novela —dijo el joven escritor sin inmutarse mientras el resto del público me miraba con ganas de echárseme encima.

—¿Otro tema? Y lo dice así tan fresco, como si hablara de cualquier cosa cuando yo estoy enfermo, al punto de la locura.

—Cálmese, hablemos como gente civilizada. No creí que usted fuera tan impresionable —dijo con una sonrisa burlona y no pude contenerme. Saqué la pistola de la chaqueta y bang, bang, le descargué dos tiros a la cabeza para cerciorarme de que a ese maldito no fueran a revivirlo.

Ciertamente ese individuo sabía usar las palabras. Cada vida depende del camino que se escoge en un momento dado y como la suerte nunca estuvo de mi lado vine a dar al infierno. Lo sé porque los fuertes barrotes me impiden hacer lo que estoy permitido y todo por culpa de Calígula.

## INHUMANIDAD HUMANA

*Quizás hay una bestia… quizás es solo nosotros.*
WILLIAM GOLDING

—¿Qué es un ser humano? —preguntó el señor B que era como llamábamos al maestro de Artes del Lenguaje para no decirle Berruguete, un apellido bastante particular. –
–Esa pregunta será el tema que vamos a discutir y que servirá para escribir el informe de doscientas palabras mínimas. Tendrán dos semanas para presentar el primer borrador. Como siempre quiero recordarles que ningún comentario, idea, o propuesta es incorrecta. Aquí estamos para compartir, escuchar, aprender y respetarnos mutuamente.

—Señor B, doscientas palabras son muchas para decir que el ser humano es una persona, la especie más evolucionada del planeta Tierra, que tiene la capacidad de hablar, de pensar y hacer decisiones —se quejó Daniel como siempre protestando por las tareas que nos asignaba el maestro.

—Esa definición está bastante bien, pero ¿qué les parece si ahondamos un poco? Espero de mis estudiantes de décimo grado conceptos desafiantes, provocativos, incluso irreverentes. Considero que a vuestras edades están en condiciones de defender puntos de vista, de entablar una discusión que nos dé la oportunidad de explorar, profundizar y hacer conciencia.

—¿Me permite leer lo que dice el diccionario? —preguntó Eddy y sin esperar respuesta se dispuso a leer en el computador portátil—. "Hombre: ser dotado de inteligencia y de un lenguaje articulado, clasificado entre los mamíferos del orden primates, y caracterizado por poseer cerebro voluminoso, postura erguida y manos prensiles."

—Esa es una definición parecida a la que expresó Daniel donde al decir hombre hace referencia al género humano. Particularmente yo no me conformo con generalidades, tampoco con tecnicismos, clichés, declaraciones trilladas y espero que ustedes tampoco. Ahora vamos a escuchar que podemos aportar al tema —dijo el maestro y cedió la palabra a uno de los estudiantes que levantaron la mano.

—Ser humano es tener la capacidad para imaginar. La imaginación vuelve creativa a esta criatura común y corriente, la aparta del montón. La imaginación lo salva de ser un mono más. En el momento que el mamífero de dos patas empieza a pintar en las cuevas deja de ser un animal y se convierte en ser humano —dijo Tomás y el maestro movió la cabeza con gestos de aprobación. Esta vez señaló a una de mis compañeras.

—Estoy totalmente de acuerdo con Tomás. La imaginación distingue al humano de los monos y de los otros seres vivos. Su imaginación y curiosidad hicieron que este animal convertido en hombre saliera de la cueva. Fuera de la cueva se encontró en un lugar hermoso, pero al mismo tiempo extraño, misterioso, aterrador. La imaginación lo llevó a inventar y construir cosas que lo ayudaron no sólo a defenderse de los peligros sino a dominar ese mundo terrible, a descubrir y resolver los secretos del universo —expandió Paola el comentario que había hecho Tomás.

—Daniel dijo que el ser humano tiene la capacidad de hacer decisiones, a eso yo añado la valentía para aceptar las consecuencias de cualquier acto. El hombre debe luchar por sus ideas, no dejar que la vida, el destino, lo que lo rodea, o los demás decidan por él. Yo creo que el hombre que lo permite no merece ese título porque no sólo estaría insultándose a sí mismo sino ofendiendo a toda la raza humana —expuso Leo y la sonrisa en los labios del señor B nos dijo que la cosa iba por buen camino.

—A mi entender ser humano es poder sentir alegría o tristeza, o las dos cosas a la misma vez. Es saberse viviendo la vida en este planeta, respirando este aire, riendo, llorando, amando y odiando, aceptando la realidad, que la vida no es fácil o perfecta —dijo Rebeca.

La mayoría de mis compañeros levantaban la mano para aportar una idea, hacer un comentario y empecé a preocuparme porque la verdad, yo no sabía ni podría explicar que era un ser humano. Debido a mis experiencias el concepto de humanidad era bastante triste y feo, me asustaba expresarlo con palabras. Por mi cabeza pasaron momentos horribles: ¡Maldita bestia deja al niño o te mato ahora mismo! gritaba mi madre con un cuchillo en la mano para defenderme de mi propio padre. Mi papá era un borracho, un drogadicto y como decía mi madre: una pobre rata infeliz. La mayoría de las veces llegaba a casa y por cualquier pretexto agarraba a mi madre por los pelos, la zarandeaba, la tiraba al piso y la pateaba. Asustado yo corría a esconderme bajo la cama, tras un mueble y no salía hasta que oía como el salvaje tiraba la puerta y se iba a seguir bebiendo. Tenía ocho años cuando ya cansado de ver el abuso contra mi madre, lo ataqué con un par de tijeras, se las enterré en una pierna y salí en fuga. Él me alcanzó y me levantó por el cuello tratando de ahorcarme. Suéltalo bestia, se atrevió a gritar mi madre envalentonada. Ella nunca había intentado defenderse, pero aquella vez estuvo decidida a matarlo si era posible para poder librarme de él. Una vecina escuchó los gritos y llamó a la policía. Cuando lo llevaron detenido mi madre lo gritó: ¡Ojalá te pudras en la cárcel maldito animal! Felizmente no volvimos a verlo.

—Rebeca tiene razón. La vida no es fácil, hermosa o perfecta pero el ser humano puede hacer que las cosas sean mejores. Dios hizo el hombre a su semejanza por eso el hombre es un ser bondadoso en busca de la verdad y la belleza, dispuesto a luchar por el bienestar de los demás, a escuchar al que necesita ser escuchado, a amar a sus semejantes —dijo Henry emocionado, a punto de las lágrimas.

—¿Qué dices Henry? ¿Te volviste loco? —preguntó Katerina poniéndose de pie—. Un ser humano es todo lo contrario. No tiene nada que ver con los dioses, lo que, si tiene que ver es con la falta de habilidad para comprender y amar a los demás. Ese es su gran defecto, su enfermedad. El hombre es egoísta, lo quiere todo para él. Es insensible ante los otros que son sus semejantes. No sabe arrepentirse ni aceptar errores, destruye todo lo que le rodea. Por favor, Henry, no hables de Dios que aquí no estamos tratando de ángeles, de espíritus perfectos sino de seres humanos débiles y podridos —dijo Katerina acaloradamente. La discusión se puso candente, dos o tres de sus amigas la aplaudieron y el señor B sonrió complacido.

—Estoy de acuerdo con Katerina, el ser humano es un demonio, lleva una bestia por dentro, es violento y malo. Recordemos los ataques terroristas en San Bernandino hace unos pocos días, creo que fueron el dos de diciembre, y un mes antes los ataques en Paris donde murieron más de cien personas. Recordemos las bombas que dos radicales explotaron en la Maratón de Boston. Repito, el ser humano es una maldita bestia que no le importa ni respeta a nadie ni nada. Los mismos curas "representantes del buen Dios" abusan sexualmente de los menores y después hablan de la moral y como llevar una vida de santidad —dijo Willy furioso, dando golpes al aire, a punto de reventar de rabia.

—Todo eso me trae a la mente una línea que leímos en *El Señor de la Moscas*: "Quizás hay una bestia… quizás es solamente nosotros" —recordó Patty y el señor B gratamente sorprendido la miró con la boca abierta.

—Yo no sé qué opinar. A veces mi madre pone a la gente por los cielos y asegura que Dios no existe, que los humanos somos los verdaderos dioses y hacemos que todo pase y sea posible. Otras veces se lamenta del miserable comportamiento de los semejantes. Ella me aconseja desconfiar de todo el mundo y, sin embargo, no puede vivir sin tener gente a su lado. Nuestra casa siempre está llena de sus amigos que entran y salen. Cuando lee o mira el noticiero en la TV, ella siempre se queja de que todos los días tenemos las mismas historias. Si no son los terroristas, los capos o los secuestradores, son el presidente, un dictador loco o un religioso desgraciado. Toda la misma porquería, todos pensando en cómo hacer explotar una bomba y acabar con el planeta. Es por todo esto que ella sostiene que el humano es el único animal inteligente y ese talento lo capacita para el mal, para fabricar armas con que dañar y destruir a los demás, al mundo y a él mismo —dijo Elisa y todos quedamos mudos mirándonos los unos a los otros hasta que la voz de Glenys rompió el silencio para expresar su opinión.

—Como bien dice la madre de Elisa el hombre es Dios. Y como Dios el hombre es un creador capaz de hacer tanto cosas perfectamente buenas como perfectamente malas. Miren este sencillo lapicero, con él podemos poner por escrito cualquier cosa que se nos ocurra decir. ¡Perfecto! En cuanto a la computadora, la televisión, el teléfono digital, los carros, todos son maravillosos aparatos hechos por el hombre. La naturaleza no le dio alas, pero este inconveniente no lo detuvo e inventó un avión, un aparato pesado y enorme que se eleva por los aires desafiando la gravedad y el espacio. ¡Perfecto! Ahora piensen en las armas, en los explosivos, piensen en la bomba nuclear, todos artefactos poderosos, perfectos, dignos de la mente de Dios —dijo Glenys con los brazos en alto—. El hombre es Dios.

Yo empecé a sudar, mis compañeros estaban dando opiniones fabulosas y a mí todavía no se me ocurría nada que valiera la pena aportar a la conversación. Si al maestro se le ocurría pedir mi comentario estaba frito. En ese momento en vez de pensar en algo bueno que decir, me vino a la mente aquel penoso día que amigo Polo y yo fuimos a dar unas vueltas por el barrio montados en nuestras bicicletas. En una esquina un hombre con una navaja en la mano nos detuvo exigiendo que le entregáramos las bicis. El matón atacó a Polo y mi amigo cayó al piso sangrando, con una herida en el pecho. Dos muchachos más grandes vieron lo que estaba ocurriendo y agarraron al ladrón antes de que se echara a la fuga. ¡Rata asquerosa, maldito animal, te vamos a sacar toda la porquería que llevas por dentro para ver si así aprendes a respetar a la gente! gritaban los muchachos mientras a golpes lo derribaron al pavimento y ahí le entraron a patadas. Ese día mi amigo murió por culpa de un ser malvado.

—¿Tienes algo que decir Melisa? —preguntó el señor B a una de las muchachas que muy poco participaba en clases. Ese no era mi caso, yo era de los que siempre tenía un comentario o hacía preguntas. Ojalá el maestro se diera cuenta de que hoy no estaba en mi día y me dejara en paz.

—Katerina dijo que el hombre no sabe arrepentirse ni aceptar errores. Puede ser, pero eso no lo libra de sentirse culpable cuando ha hecho algo horrible. Tener conciencia de la culpa y que ese horrible sentimiento no lo deje vivir en paz es lo que hace a un ser humano.

—Sentirse que no puede lidiar con los problemas, que se le acabaron las fuerzas para seguir luchando —dijo Nick.

—Maestro, me disculpa lo que voy a decir, pero es la verdad: Todos los seres vivos se juntan para tener hijos, para que su grupo pueda continuar y que no se extermine, pero sólo el ser humano goza del sexo. El humano es un animal o "un dios" que le gusta tirar ¡Perfecto! —dijo Rony haciendo mofa de Glenys y todos echamos la carcajada. El señor B era un tipo de mente abierta que nos desafiaba a expresarnos con total libertad y por supuesto, no se hizo el escandalizado, más bien asintió con la cabeza y sonrió.

—Así es Rony, no podemos negar que el hombre es por naturaleza un ser sexual y disfruta esa actividad. Y tú Tony ¿qué sucede? Siempre tienes algo que decir, pero hoy pareces perdido ¿Podrías decirnos lo que estás pensando? —dijo dirigiéndose a mí y sin poder encontrar una excusa no me quedó de otra que responder.

—Creo que mis compañeros tienen razón. El ser humano es todo lo que han dicho, es muchas cosas a la misma vez. Bueno y malo, lleno de defectos y virtudes, confundido, tierno y violento. Lo que no hemos dicho es que ese ser que queremos definir es cada uno de nosotros. Hoy por primera vez me he visto a mí mismo. Yo soy ese ser humano y me alegra saber que no tengo que buscar la perfección, que puedo ser débil, que puedo llorar, que puedo fallar y caer y no por eso sentir que valgo nada. Tengo que confesar que también me da miedo ser uno de esos monstruos, de algún momento sacar a la bestia que llevo por dentro, lastimarme y herir a los demás —dije lo que estaba en mi cabeza, lo que estaba sintiendo y yo mismo me sorprendí de mis palabras.

—¡Uuuu... que miedo! —exclamó Patty fingiendo que temblaba—. Ahora sí creo lo que dijo William Golding en *El Señor de las Moscas*: "Quizás hay una bestia... quizás es solamente nosotros" —citó la frase encontrada en el libro.

—Y nos llamamos humanos para no decirnos animales, bestias, salvajes, monstruos, demonios —volvió Willy a tomar la palabra—. Es incorrecto llamar inhumano al que comete una barbaridad. Si una persona miente, roba, abusa o le vuela la cabeza a los que puede, está actuando como lo que es: un ser humano —dijo Willy defendiendo lo que había dicho antes—. El hombre es violento y malo.

—Muchachos me siento orgulloso de ustedes. Me han demostrado que son chicos pensantes, valientes, que tienen criterios definidos y saben defenderlos. A lo largo de la semana seguiremos hablando más sobre el tema y mientras tanto vayan desarrollando el reporte que deben entregar en dos semanas. Recuerden los pasos a seguir para la redacción: La introducción, el desarrollo del tema en dos o más párrafos y la conclusión. No olviden citar frases encontradas en los libros que hemos leído para reforzar sus puntos de vista, así como, muy bien, hizo Patty al mencionar una línea en *El Señor de las Moscas* —dijo el maestro mientras repartía *De Ratas y Hombres*, el próximo libro que leeríamos.

—Señor B, yo no he participado y antes de empezar a leer un nuevo libro me gustaría decir algo —dijo Julissa poniéndose de pie. Julissa era una chica preciosa que siempre andaba metida en problemas por insolente y rebelde. Con ella, que sabía cómo falsificar credenciales, fui a un club para adultos. Con ella fumé mi primer cigarrillo de mariguana. Julissa era mi mejor amiga y me gustaba mucho. Si no fuera porque mi timidez no me lo permitía ya le hubiera pedido que fuera mi novia.

—Me parece muy bien. Adelante Julissa —la animó el maestro.

—Nos llamamos humanos, sabemos que está en nuestra naturaleza hacer daño, ser destructivos, y por eso nos dicen salvajes, animales, bestias, monstruos, demonios, ratas, cerdos. Somos una porquería ¿Y qué? —dijo provocativamente y tomó asiento.

## DANOS UNA MANITO

Cuento ganador del Séptimo
Certamen de Relatos Cortos Para la Igualdad,
Andalucía, España 2003

*Danos hoy nuestro pan de cada día.*
LA BIBLIA, MATEO 6.11

Las cosas se ponen peor y peor cada día. El poquito dinero que recojo de lo que vendo por las calles nos alcanza apenas para una sopa de fideos por día. No sé qué vamos a hacer con otra boca más que pronto llegará a la casa. Mi mamá ya no puede salir a trabajar, parece una vejigota a punto de reventarse. Muy pronto tendré que ayudar a nacer a otro mocoso.

La primera vez que le saqué un muchacho de entre las piernas, creí que mi mamá se moría botando toditas las tripas por abajo. La pobre chillaba igualito que los chivos o los marranos cuando se les corta el pescuezo y sudaba que parecía un tarro de agua hirviendo. Yo no sabía qué hacer y me puse a llorar de verla sufrir, entonces ella me pidió que trajera trapos y pusiera agua a calentar.

Cuando agarré la cabeza de mi hermanita y la jalé pa' fuera, finalmente mi mamá dejó de gritar. Como ella me indicó, le corté la tripa que le salía a la Luisita del ombligo con el cuchillo de la cocina. Se veía tan chula mi hermanita envuelta en los trapos que me puse a llorar otra vez de pura emoción. Luisita se parecía a la muñeca que una niña tenía en el parque, de lo bonita que era. Luego cuando mami tuvo que regresar a cocinar para los señores donde ella trabaja, yo tuve que cuidarla hasta que mami regresara a casa. Nunca creí que una niña tan chiquita diera tantos gritos, se ponía coloradita y no echaba ni una lágrima. Lo que si echaba era mucha porquería por el traserito. Darle la leche que mamá sacaba de sus tetas y guardaba en un frasco no era problema, pero limpiarle el culito eso si no lo podía aguantar. Entonces Luisita dejó de ser chula y pasó a ser un oficio más para mí.

¡Cómo quisiera que ésta fuera la última vez que mi mamá saliera preñada! La he ayudado con los dos últimos también, que ya soy una experta comadrona como lo dice nuestra vecina doña Rosario. ¡Ya somos cinco muchachos caray! ¿Para qué necesitamos otro más?

El cuarto donde vivimos nos queda requeté chico y el petate está casi podrido de tantos meados. A mí por ser la más grande me toca dormir en el mismo piso y trabajar duro para ayudar a mi mamá y su manojo de pedigüeños. Ella apenas puede caminar con tremenda panza que tiene. Ojalá no sea pájaro de mal agüero la Rosarito y no sean dos como bromea. Entonces sí que nos jodimos de verdad.

Hasta que nazca el otro muchacho tengo que hacer todo en la casa. Me levanto en la madrugada para ir a recoger el agua. La cola es larguísima y la gente se pone a pelear por llegar de primero al único grifo de agua de la barriada. Luego salgo a comprar algo para hacer un sopón. Como mi mamá ya no puede trabajar yo salgo a vender por la calle chicles, caramelos, o números de lotería que negociamos con don Tito, el dueño de todas las casitas de mi barrio. Con la ganancia de la venta el sopón de todos los días es de plátanos y yuca, o de agua y fideos cuando no tengo mucha suerte.

En el atardecer, antes de salir otra vez a la venta, tengo que hacer el segundo viaje hasta el grifo. Este es más jodón porque algunos muchachos malos me persiguen hasta la fila y quieren agarrarme las tetitas que han comenzado a crecerme. Yo los pateo y los aruño para defenderme igualito como hace la Pituca, la gata de doña Rosario cuando los gatos machos le quieren oler el rabo. Doña Rosario dice que no me deje tocar de esos manganzones, pillos y arrancadores que viven en el barrio, o terminaré inflada como una vejiga y llena de muchachitos como mi mamá.

Algunas veces quisiera ser la hija de otra mujer y no de mi mamá. Me gustaría que mi mamá fuera como esas señoras que van al parque, con uñas pintadas de rojo, que huelen tan bonito y se sientan a conversar mientras sus hijos juegan y corren. Entonces yo tendría ropa linda sin parches y remiendos, y zapatos que brillaran de puro nuevecitos. Yo podría ir a la escuela todos los días y aprender muchas cosas. Bueno ahora que lo pienso, lo único que importa es mi familia y conseguir como llenarnos la panza.

Pobrecita mi mamá. Quisiera ayudarla más y no pensar tonterías, aunque sea flaca y tenga las patas sucias la quiero igual. Doña Rosario habla por hablar, mi mamá es buena y me quiere a mí y mis hermanos también. La Rosario no sabe que siempre que un nuevo hombre llega a la casa, no sólo deja a mi mamá inflada, sino que tenemos sopón de yuca y plátanos con carne para rato. Una vez uno de ellos hasta trajo un chivo y un marrano también. Por eso sé cómo chillan esos animales cuando les vuelan la cabeza. Tuvimos tanto para comer por esos buenos tiempos que a mí me dolía la panza por la pura hartura.

Lo que no me entra en la cabeza es por qué ellos son tan buenos cuando llegan y se van cuando mami está más feliz que nunca. Mi mamá tiene razón cuando dice que todos son unos sinvergüenzas hijos de la grandísima puta que los parió.

Un día le dije a mamá que me hubiera gustado conocer a mi papá. De seguro que él nos ayudaría, y a mis hermanos y a mí no nos traquetearían las tripas de la pura hambre. Me puse tan triste cuando mamá dijo que eso era imposible porque ella misma no sabía cuál fue ese hijo de perra que la jodió cuando tenía como mi edad.

No sé cuál será esa edad porque ella no se acuerda la fecha que yo vine al mundo. Como soy tan flaca y chiquita, unos dicen que debo tener diez años, doña Rosario cree que debo tener doce o trece porque ya me vino la regla, y esa sangre dice ella es signo de que ya no soy una niñita.

Doña Rosario es muy buena conmigo. El otro día me encontró llorando y cuando me preguntó le dije que era una basura en el ojo, pero era mentira. Lloraba de ver a mi mamá dándole duro a mis hermanos porque pedían que comer. Doña Rosario no es tonta y no se tragó el cuento. Para consolarme me enseñó a rezar. El Padrenuestro dice ella que se llama eso. También me dijo que le pidiera a Dios que nos ayudara porque Él todo lo puede.

¿Quién es ese señor? le pregunté. No creo que alguien tan importante vaya a escuchar a muertos de hambre como nosotros. Entonces ella me contestó que Él es el dueño de todo lo que vemos, que es nuestro padre y nos ama igualito a todos. Yo soy atarantada y no si creerle o no. Imagínese un señor dueño de tantísimas cosas y que no pueda darnos un tantito. De todas maneras, me pasé toda la noche reza que te reza pidiendo la ayuda del Señor y al día siguiente cayó una lluvia tan grande que parecía que el cielo era todito de agua. No pude salir a mis ventas y encima tuve que ponerme a sacar el agua que entró por las rendijas y hoyos del techo.

El agua que usamos ese día fue el de los tarros puestos bajo las goteras del techo. Dos días más tarde Calixto, el que me sigue, ardía en fiebre y murió en la madrugada temblando de la calentura. La Lusita por poquito que lo sigue, pero se escapó por un pelo. Cuando escampó la lluvia, la que casi se entierra viva fui yo. El lodo me llegaba más arriba de las rodillas, pero tenía que salir a buscar algo, si no todos íbamos a morir igualito que el pobrecito Calixto.

La cosa no terminó allí, estoy por creer que las cosas malas viven con nosotros en la casa. Uno de los muchachos malos me arrebató mis chicles y caramelos. Me quedé triste pero no me puse a lagrimear. Para que llorar me dije, las lágrimas no llenan la panza de nadie y menos las de mis hermanos y la de mi mamá.

Con eso y todo seguí rezando como me aconsejó la buena de doña Rosario, sólo por tener alguien a quien pedir. Después de todo, nada perdía con pedirle a ese Dios que nos echara una manito, aunque sigo creyendo que ese Señorón bueno que dice doña Rosarito no oye a los pobres como nosotros. De todas maneras, le pedí que nos mandara algo para comer. Eso nada más, algo que nos llenara la panza.

Después de recoger los tarros de agua en el grifo me fui a buscar entre las basuras que los carros botan en la loma que está cerca de casa. Allí encontré un perro que estaba rascando y oliendo en una ruma de bolsas. Con un palo lo espanté pensando que el bicho había encontrado algún buen hueso que serviría para la sopa. Debajo de toda la porquería había una mano enterita, con los cinco dedos completitos. Parecía que recién se la habían cortado a algún bendito porque estaba fresquecita. La envolví en unos papeles y la guardé debajo de la falda. El perro me persiguió por un buen rato reclamando que él la había visto primero. Pero no señor, no me la iba a quitar facilito, aunque tuviera que matarlo a palos.

Cuando regresé a casa me puse a cocinar el sopón que ese día fue de menudencia de dedos bien cortaditos y fideos. Mi mamá y mis hermanos se chuparon los dedos de lo sabroso que me quedó el guiso y estuvieron contentos todo el día.

Ahora mismo le estoy dando gracias a Dios por haberme escuchado un tantito y pidiéndole que todos los días alguien pierda una mano, si no tendré que dejar que esos muchachos malos que me persiguen hasta el grifo de agua me toquen las tetitas, me huelan el trasero y me inflen como a mi mamá.

## ENTRE BESTIAS

*Un vértigo, una brusca irrealidad.*
*Es entonces cuando la otra, la ignorada,*
*la disimulada realidad salta como un sapo en plena cara.*
JULIO CORTÁZAR

Entre todas las cosas Miguel era, además, un tipo supersticioso y desde que puso el pie en la puerta de salida a la calle supo que éste iba a ser un día fatal. Con el pie derecho pisó la plasta de mierda que por su tamaño debía pertenecer a un perro grande y, balanceándose, a punto de resbalar, exclamó: ¡Carajo! ¡Esos malditos bichos ya me jodieron el día!

Renegando, echando sapos y culebras por la boca, volvió a entrar al edificio llevando el zapato sucio en la mano. Imbéciles, tarados de mierda ¿cómo se les ocurre guardar animales mugrientos y pulgosos dentro de la casa? Ya van a ver, hoy mismo compro veneno y mato a todos los perros y gatos del vecindario. Un favor que les voy a hacer a los pendejos. Tendrán que darme las gracias porque no sólo les quitaré un peso de encima, sino que les evitaré que agarren alergias y sarnas, y por último hasta les ahorraré un buen billete, pensó sonriendo malévolamente.

Cuando se puso a vivir con la Carmela, sin que ella se enterara, le mató a los dos gatos. Por nada del mundo iba a soportar pelos, ni peste a meado de gato en su ropa. Al primero lo tiró por la ventana desde el quinto piso donde vivían. Parece que el bicho ya había gastado las ocho primeras vidas porque aterrizó hecho un revoltillo de bofes y huesos en el asfalto. Al segundo lo metió en una bolsa plástica y cuando el animalejo dejó de patalear bajó a botarlo en el tacho de la basura.

Entró al apartamento bufando y lleno de rabia derrumbó un par de sillas, aventó ollas y platos contra el piso sin mostrar ninguna consideración por Carmela, que debido a su oficio de puta trabajaba en las noches y dormía en el día. La mujer despertó horrorizada, echando gritos, creyendo que la casa se les caía encima.

—¡Mujer levántate, haz algo, no ves que pisé mierda de perro! Maldita sea, creo que será mejor quedarme en casa y evitar cualquier fatalidad —dijo sacándose el otro zapato. Aunque pensándolo bien, será mejor que olvide este contratiempo y de todas maneras me aparezca por el billar. Los muchachos podrían pensar que me estoy barajando o que soy un tránsfuga. No, no puedo dejarlos guindados, pensó mientras se sacaba la chaqueta y los pantalones. Más que supersticioso Miguel era un adicto al juego, por eso, y después de pensarlo una vez más, el vicio por el billar venció la partida. No dejaría plantados a los amigos que, como todos los días, lo esperaban en *La buena puntería* para el gran partidazo de la semana.

—Mujer apúrate, ¿cómo puedes seguir ahí acostada soportando la peste de esa mierda? Ve y limpia ese zapato sucio y búscame otro par que se hace tarde —gritó jalando la cobija que cubría el cuerpo desnudo de la mujer. Un tufo a licor mezclado con tabaco y semen escapó del lecho.

Carmela sin tiempo a ponerse una bata y con los pelos revueltos saltó de la cama refregándose los ojos lagañosos para cumplir las órdenes del hombre. Estaba acostumbrada a cumplir la voluntad del marido, satisfacerlo, aflojarle los billetes, hacer todo lo que fuera necesario para tenerlo contento y que no se le fuera con otra como la tenía amenazada. Sufría horrores cuando lo veía hecho el baboso con otras mujeres, pero no podía hacerse la exigente, peor armarle la bronca. Había pasado los cuarenta años y pensaba que a esa edad ya no sería fácil hallar otro hombre como él. Tipos como Miguel no se encontraban tirados por las calles. Micky no solamente rebozaba vitalidad, era joven, buen mozo, simpático, divertido, sino que también la protegía y nunca permitiría que ningún hijueputa la abusara. Vivían juntos por tres años y con sus tires y jales Miguel continuaba a su lado. Antes de conocerlo había convivido con varios canallas, tramposos, que la habían exprimido sin ningún escrúpulo. No contentos con obligarla a trabajar día y noche hasta el punto de sentir que la vagina y el ano se le habían vuelto un caucho de tanto mete y saca, le habían quitado hasta el último centavo, la habían insultado y golpeado como si ella fuera un burro, un buey, y no un ser humano. Un hijo de perra la mandó al hospital por dos semanas a causa de la tranquiza que le propinó y otro, a patadas, le sacó el hijo ya de dos meses de embarazo. En cambio, Micky era cariñoso, comprensivo, y hasta la ayudaba a manejar el dinero.

Desnuda como estaba llevó el zapato sucio a la cocina y después de limpiarlo lo colocó fuera de la ventana para que se ventilara. Regresó al cuarto, se agachó frente al closet y escogió otro par de zapatos de los diez blancos y relucientes que se alineaban en el piso. Carmela era abundante de carnes, de amplias caderas, grandes nalgas y piernas gruesas. Al agacharse la raja al final de la espalda quedó abierta de par en par despertando los instintos de Miguel que, en ese momento, con mucho cuidado, colocaba los pantalones, en el respaldar de una silla. Miguel había decidido cambiarse de ropa porque sentía que el tufo de la mierda del perro estaba pegado a la ropa. Sin ninguna demora quedó en cueros, levantó a Carmela por ambos brazos y la empujó sobre la cama.

—Nena no te agaches así. Sabes que ese culo es una tentación para cualquiera. Mamasota, esos huevones pueden esperar un momento, pero este trasero no —dijo trepando encima de la mujer mientras acariciaba con placer las nalgas redondas y abultadas.

—Déjame, estoy cansada, me muero de sueño —se quejó la mujer sintiendo que le faltaban las fuerzas después de una larga noche bebiendo, atendiendo y complaciendo a varios clientes en el burdel. A pesar de no ser una jovencita los hombres la preferían gracias a las grandes tetas y enorme trasero con que la naturaleza la había favorecido. Finalmente se dejó sobajar y penetrar a sabiendas de que de nada le servirían las protestas.

Satisfechos sus instintos, Miguel volvió a vestirse y perfumarse. Y acicalando el bigotito frente al espejo dijo en voz alta para que Carmela lo escuchara desde el baño donde se aseaba sentada en el escusado.

—Por qué te haces la dura cuando te encanta que te monte. Eres estúpida o es que todavía no te has dado cuenta de lo afortunada que eres al tenerme. Sabes que las mujeres se mueren por mí —dijo y una vez más admiró su estampa en el espejo—. Ahora vete a descansar ricura. Tienes que estar fresca para tus clientes esta noche —recomendó antes de cerrar la puerta del apartamento tras de sí.

Por las calles, Miguel, fue dando pasos y quiebres de galán dejando tras de sí la fragancia exagerada de su colonia. Le encantaba llamar la atención y para lograrlo se vestía "a punto de blanco". Según sus propias palabras el color blanco lo hacía lucir no sólo más guapo sino distinguido y respetable. Muchos, impresionados, lo llamaban doctor. Miguel cuidaba de mantener impecable la blanca indumentaria, no descansaba de sacudir basuritas invisibles en sus pantalones. El tipo no era alto, tampoco bajo, de contextura atlética, facciones bastante agradables, los ojos verdes le resaltaban en la cara trigueña. Miguel se vanagloriaba de su físico porque sabía que resultaba atractivo para muchas mujeres. De cuando en cuando tenía amoríos que terminaban tan pronto como empezaban a dar lata, a demandar atención las veinticuatro horas del día, hacer del vacilón un compromiso serio, a exigir amor eterno y casamiento, o cuando, especialmente las viejucas, dejaban de aflojarle el billete. Siempre regresaba corriendo a brazos de Carmela porque esa mujer era bruta, agradecida y le daba para comer.

Además del juego y el gusto por la ropa blanca, Miguel tenía debilidad por la vida fácil. Él no había nacido para trabajar. No hacía falta romperse el espinazo cuando los problemas de dinero los tenía arreglados sin dar un tajo. Miguel procedía de una familia pobre y extensa. Él fue el sexto de ocho hermanos y las cosas no fueron nada fáciles. La ropa que llegaba a sus manos estaba gastada porque ya cinco la habían usado antes que él y no era cosa de risa compartir con nueve bocas lo poco que había para llenar las tripas. Por nada del mundo iba a aceptar más remiendos, más hambre y miseria.

Desde que la voz y el miembro viril empezaron a engrosarle, las cosas cambiaron para bien. Entonces se dio cuenta de que ser cariñoso con las mujeres le proporcionaba buen alimento, buena ropa y buenos momentos. No era culpa, se decía, de que las féminas fueran tan regalonas, especialmente las entraditas en años. Por esa razón sus favoritas era las viejucas necesitadas de una sobadita en la rabadilla y una metida de vez en cuando.

Su padre, defensor del trabajo honrado, acabó sus días con los ojos volteados y hecho un garabato de tanto oler pegamento, remendar zapatos, colar tacones y lustrar botas. Su madre, encorvada, flaca y con la cara hecha una pasa seca, murió antes de tiempo sin piel ni uñas de tanta ropa ajena que le tocó lavar. Sus hermanos seguían trabajando como bueyes igual que lo hicieron sus padres, y sus hermanas aprovecharon las caras bonitas para entrarle a la putería. Los pobres imbéciles tenían apenas lo necesario para vivir y los espinazos desbaratados. Él en cambio supo usar la cabeza, la de arriba y la de abajo, y vivía muy bien, sin preocuparse ni reventarse como una bestia.

Se detuvo frente a un escaparate de vidrios relucientes para arreglarse el pelo. Halagado de su prestancia, pensó que por nada ni por nadie arriesgaría esa pinta que la vida le había regalado y que para él se había convertido en un gran negocio. Estoy dispuesto a cualquier barbaridad. A matar y entregar las nalgas al diablo si fuera preciso, todo a cambio de mi bienestar, se dijo cínicamente.

Finalmente llegó al billar donde todos los días se reunía con los amigos.

Las mesas de billar estaban en la parte posterior del local llamado *La buena puntería*. En el frente se encontraban diversas instalaciones con juegos mecánicos y electrónicos y varias máquinas tragamonedas.

—¿Qué hay Micky? —con una sonrisa preguntó Bob, el gordo pelado dueño del lugar y que exclusivamente atendía el billar. El resto del negocio estaba en manos de Leo, cuñado de Bob.

Conociendo la manía del cliente por la pulcritud en el vestir, Bob ayudó a Miguel a sacarse la chaqueta y la camisa para que no se le echaran a perder y se las acomodó en el perchero. Miguel quedó en una camiseta blanca sin mangas.

—Micky espero que le hayas sacado mucho billete a la viejita con la que te vi hace unos días. Hoy me siento con suerte, estoy dispuesto a dejarte en las tablas —gritó el Flaco, uno de los asiduos comensales, que haciendo honor a su apodo era hueso y pellejos, mientras le extendía un taco con tiza.

—No Flaco, fue la Carmelita la que me rindió los pesos. La pobre estúpida limpia el piso con la lengua si es preciso para que no la deje. Hay que ser justos mi socio, no me da trabajo meterle mano porque la vieja está en buenas condiciones todavía. Como dicen por ahí: Gallina vieja da buen caldo —contestó con descaro en medio de carcajadas, sintiéndose orgulloso de su buena racha con las mujeres mientras empolvaba la punta del taco.

—Compadre con ese jueguito que usted se trae con tantas mujeres un día va a amanecer mocho. Hoy en día las mujeres no son pendejas, le vuelan los huevos y no contentas con desgraciarlo de por vida, se los dan de comer a los perros —lo relajó otro de los amigos.

—No lo creas, yo sé mi truco. Además, esto no se da regalado mi pana y alcanza para todas porque no se quiebra ni se lasca —dijo agarrándose el sexo sobre el pantalón.

Jugaron varias ruedas, entre carcajadas, aplausos y apuestas entre sí y los otros parroquianos.

—¡Le voy cincuenta tucos a mi compadre el Flaco! —gritó uno de los presentes.

—¡Voy cien latas por Micky! —apostó otro.

Finalmente, el Flaco cumplió lo prometido y le dio tremendo tumbe al sorprendido Micky, que estaba acostumbrado a ganar.

—Hoy no es mi día —dijo furioso, recordando la plasta de mierda del perro.

Los que iban por el Flaco, levantaron a éste por el aire celebrando el triunfo y luego comenzaron a cobrarse las apuestas prometidas.

Miguel olvidando, por un momento, que no era su día de suerte, había apostado más de lo que traía en el bolsillo. Tuvo que entregar el anillo, el reloj y aún quedó endeudado.

—No te me hagas el sapo Miguelito —exigió el Flaco, intentando darle un puño en la cara respaldado por los otros compadres.

—No te atrevas a tocarme la cara, Flaco hijueputa —dijo echándose atrás, cubriendo el rostro con las manos—. No sé por qué eres tan desconfiado Flaco de mierda. Sabes que soy legal en el juego. Yo nunca estafo a nadie, peor a perros muertos de hambre —dijo y haciendo alardes de potentado añadió: —Tú sabes que dinero es lo que menos me falta. Para no regresar a casa, déjame ir al banco y sacar lo que te pertenece.

—No es que desconfié mi loco. Pero por las dudas voy contigo —contestó el Flaco colocándose los vidrios verdes que usaba como gafas de sol.

Una sucursal del banco estaba a solo cuatro cuadras y decidieron ir caminando. Antes de salir Miguel volvió a ponerse la camisa y la chaqueta, parecía un doctor dentro de su blanca e impecable indumentaria junto al estrafalario Flaco vestido con una camiseta vieja grabada en el frente con un descolorido Che Guevara y zapatos de lona. Los dos hombres se aprestaban a salir cuando escucharon un griterío en el frente de *La buena puntería.* Tres hombres con medias de sedas de mujer puestas sobre la cabeza y armados con pistolas ordenaban moverse hacia el fondo del lugar a la gente que a esa hora se encontraba en el lugar. Uno de ellos se ocupó en bajar la reja metálica del exterior y cerrar las puertas del frente. Un cuarto matón quedó fuera para gentilmente informar a los clientes que llegaban, que debido a problemas eléctricos las máquinas no funcionaban y habían tenido que cerrar el negocio.

Los asaltantes arrancaron el alambrado telefónico, desconectaron el aparato de alarma, la cámara de seguridad y así el local quedó totalmente aislado de protección y contacto con el exterior.

—Me entregan celulares, prendas y dinero o se ganan un plomazo entre las cejas —demandó el que hacía de jefe con pistola en mano.

Después de desprenderse de toda pertenencia, Miguel, el Flaco, Bob, Leo y las otras personas, horrorizadas, se replegaron unos contra los otros. Entre todos había trece hombres además de un niño de unos once años y otro de trece que habían estado jugando en las máquinas electrónicas acompañados por una mujer joven y gorda y otra bastante mayor.

—Déjenos salir por favor, el niño sufre de asma y yo tengo problemas con el corazón —temblorosa y sudando copiosamente, suplicó la mujer entrada en carnes.

—Elefantona, cierra esa trompa o le meto un plomazo al chamaco —con voz ronca gritó otro de los hombres propinándole un bofetón.

Micky, recuerda que tu vida es lo más sagrado del mundo, mentalmente Miguel se repetía a sí mismo mientras observaba con pánico lo que ocurría a su alrededor. Ofrece lo que tienes y haz lo que tengas que hacer para salvar el pellejo. Miguel nada vale comparado con tu vida.

El que hacía de jefe ordenó al asaltante de la voz ronca que acompañara a Bob, el dueño del billar, a sacar todo lo que había en las registradoras y llenar con los billetes las dos bolsas que traían con ellos. El Ronco fue tras Bob encañonándole la nuca con la pistola. Mientras tanto el Jefe mandó a los demás rehenes pegarse contra la pared con las manos sobre la cabeza. Empezó a contarlos.

—Uno, dos, tres, cuatro… diecisiete que saldrán con vida si hacen lo que yo les ordene —dijo apuntándolos.

—Jefe que tal si nos divertimos un poco y manda a éstos a que se empeloten —propuso el otro asaltante levantando la media de seda que le cubría la cabeza dejando al descubierto una cara larga de ojos caídos.

—Si, por qué no. ¡Quítense la ropa! —ordenó el jefe—. Y tú viejita no te me hagas la remolona —le dijo a la otra mujer en el grupo, una señora de unos setenta años, manoseándole las nalgas.

Todos empezaron a desnudarse. Miguel, con su manía por la pulcritud, se despojó de la chaqueta y empezó a doblarla.

—Oye tú, el vestido de noviecita —gritó el bandolero de la cara larga—. Vamos, apúrate, que le tengo alergia a la pureza.

En minutos todos quedaron desnudos, incluso el niño asmático que, al igual que el otro muchacho, pudoroso y abochornado se tapaba los genitales con las manos.

El Jefe pasó revisión a los retenidos palmoteando las nalgas de hombres, mujeres y niños. Llegando a la mujer mayor le dijo al Carilarga:

—A ti que te gustan las viejas, te regalo ésta. Un poquito arrugada pero seguro que saca leche todavía.

El Carilarga le manoseó los senos a la vieja y poniéndola de espaldas bajó el cierre de su bragueta. La mujer sin poder controlar el pánico se orinó dando gritos histéricos.

—¡Suéltala, maldito degenerado! —gritó uno de los hombres.

—Nunca me han gustado los héroes —dijo el Jefe dándole un disparo en la cabeza. —Y ustedes cabrones, quédense quietecitos o van a correr la misma suerte.

Todos contemplaron al muerto caer en un charco de sangre sin atreverse a gritar ni moverse por miedo a las consecuencias.

—Micky tenemos que hacer algo —dijo el Flaco a Miguel, casi en un susurro.

—¡Hey! Ustedes dos amiguitos van a ser los próximos —sentenció el Jefe—. ¿Cuál de los dos quiere ser primero? ¿Carabonita o Caraemuerto?

El Flaco que presumía de gallito y sin conciencia de la situación se enfrentó al matón.

—¡Puñeta! Mátame ahora mismo si quieres, pero no estoy dispuesto a ver tanta cochinada. ¡Manada de maricones!

—Ah, ya veo que tienes los huevitos bien puestos —dijo el Jefe meneándole el pene con la punta de la pistola—. Pero no vamos a ser nosotros los que te pongamos tieso, va a ser tu amiguito ¿O no? —preguntó a Miguel entregándole el arma, mientras el otro matón, el Carilarga, que había dejado a la vieja para ayudar al Jefe, apuntaba a la cabeza de Miguel.

Miguel, con mano temblorosa, tomó el arma mientras pensaba: Si no lo hago, yo seré el patitieso. Recuerda nada vale comparado con tu vida.

—¡Hazlo o te acribillo Carabonita! —gritó el Carilarga, partiéndole la cara con la pistola. La sangre empezó a correr por la mejilla de Miguel.

Hijueputa desgraciado, me estás arruinando la pinta, pensó Miguel y sin pensarlo dos veces apretó el gatillo. El cuerpo del Flaco cayó al piso.

—Tengo complejo de hombre bíblico, si tuviera un buen cuchillo hiciera que le volaras la cabeza a tu amiguito y me la entregaras en una bandeja —dijo el Jefe mirándolo con desprecio—. Ya veo que eres un cabrón y un cerdo. Ahora de premio te regalo una de las mujeres. ¿O prefieres un hombre? —preguntó entre carcajadas.

Las mujeres lloraban a moco tendido y los hombres impotentes ante el abuso miraban a Miguel con rabia y asco.

Esto no es posible, no es posible. Tengo una pesadilla. Eso es, en las pesadillas todo lo que ocurre es pavoroso y no puedes hacer nada para evitarlo, pensó Miguel comprobando como la sangre del Flaco le manchaba el pecho y los brazos. Sintió que el sudor le corría frío por la espalda.

—Arranquemos ya —gritó el Jefe al ver que el Ronco, con la media de seda recogida en lo alto de la cabeza, había regresado con Bob y las dos bolsas llenas de dinero.

—Jefe, esperemos un momentito. Yo también quiero divertirme y ver si este cabrón es capaz de tirarse a un muchachito —dijo el Ronco—. ¿Cuántos años tienes cariño? —preguntó acercándose al niño mayor.

—Trece —respondió el chiquillo entre lágrimas.

—Carabonita tienes suerte, este putito se ve apetitoso. Acércate —dijo el Ronco poniendo al muchachito de espaldas, le abrió las piernas con la pistola.

Miguel caminó hacia el muchacho temblando, pensando que esos desgraciados lo iban a matar, pero no lo iba a permitir porque para salvar el pellejo él estaba dispuesto a hacer lo que le pidieran.

—Compadre, ya sabemos que no se te va a parar, pero me encanta la gozadera —dijo el Ronco leyéndole el pensamiento. Tiró al muchacho al piso.

La gorda que era la tía del muchachito empezó a pedir misericordia y dar gritos desesperados. Carilarga, enfurecido le reventó la boca dándole un tremendo culetazo con la pistola.

—Deja ese juego mi socio —aconsejó Carilarga al Ronco—, y no te preocupes que gozadera vas a tener. Yo no me voy sin antes sacarme la bellaquera que traigo encima. Date la vuelta Carabonita que te tengo hambre desde que te vi —ordenó a Miguel y arrimándolo contra la pared, una vez más, Carilarga bajó el cierre de su bragueta.

Afuera, dos de los asiduos clientes encontraron sospechoso que un hombre vigilara la puerta cerrada del negocio que bien sabían estaba abierto los siete días de la semana de once de la mañana a doce de la noche. Trataron comunicarse con el propietario del establecimiento sin ningún resultado y entonces llamaron a la estación de policía.

Los oficiales lograron entrar al edificio antes de que los matones salieran con el botín. Se armó una balacera entre policías y pillos. Los rehenes se tiraron al piso buscando resguardo. El Ronco disparó contra los cuerpos desnudos y cogió a la gorda como escudo para escapar del lugar.

El Jefe, Carilarga y el matón que estaba fuera murieron en la balacera. El Ronco fue capturado cuando escapaba en un carro dejando a la gorda en un charco de sangre fuera del negocio. Durante el tiroteo murieron cuatro de los rehenes y seis resultaron heridos, entre ellos el muchachito asmático y la viejita histérica. Miguel, a rastras, salió debajo de una mesa cuando el peligro había pasado.

Fuera, la gente se amontonaba curiosa para seguir y no perderse detalle de los acontecimientos. Mientras las ambulancias transportaban muertos y heridos, los periodistas entrevistaban a los rehenes que salían a medio cubrir con mantas proporcionadas por el departamento de policía.

Carmela se encontraba en medio del gentío en espera de conocer el destino de Miguel. Desesperada gritaba cada que sacaban un cuerpo en las camillas hasta que finalmente uno de los vecinos exclamó: ¡Es Micky! ¡Es Micky!

Tambaleante, pata abierta, con la cara reventada y pálido como un cadáver salió Miguel entre los vítores de la gente. Carmela corrió a abrazarlo.

—¡Micky estas vivo! ¡Gracias a Dios! Qué suerte, mi amor ¡Estás vivo! —dijo entre lágrimas y risas.

—Si, que suerte —respondió Miguel tembloroso, bañado en sangre y sudor—. Mañana mismo compraré el veneno para acabar con esos animales del diablo. La próxima vez que pise mierda de perro prometo no salir de casa.

## La conexión bogotana

*En boca cerrada no entran moscas*
Dicho popular

De regreso a nuestros países de residencia, mis amigos y yo tomamos el vuelo desde Chile con escala en Bogotá. Rina y Pedro permanecieron una hora en el aeropuerto colombiano hasta abordar el avión que los llevaba a México. Yo debía esperar otras tres largas horas por el mío con destino a Nueva York.

Juan Valdez anunciaba su café en varias tiendas mostrando el conocido logo del campesino junto a su caballo. Entramos a una de las cafeterías y mientras paladeábamos el café comentábamos nuestras experiencias en los distintos países latinoamericanas que habíamos visitado. De pronto se me acercó un perro grande y robusto, de esos conocidos como pastores alemanes. Detrás iba un agente de seguridad sosteniéndolo de una cadena. El perro olfateó mis pantalones creando cierta sospecha en el policía. Fastidiada exclamé:

¡Mierda! y mi amigo Pedro alarmado preguntó: ¿Qué demonios le pasa a este bicho? El agente, con cara de pocos amigos, indagó sobre nuestra procedencia, nacionalidades y destino. Pedro, indignado, lo increpó: ¿A qué vienen esas preguntas? ¿Es que acaso nos ha visto caras de delincuentes? Felizmente el perrote perdió el interés en mis pantalones y las cosas no pasaron a mayores. El agente se disculpó y se alejó jalando al perro. Aliviados, mis amigos y yo, nos echamos a reír porque a pesar de lo serio de la situación el episodio fue ridículamente divertido.

—Tengo dos gatos y guardo en el mismo cajón tanto los pantalones como el *catnip*, esa hierba que trastorna a los gatos cuando se los das a oler. Por minutos, como enloquecidos, rascan y liman las afiladas uñas— expliqué y Pedro, entre carcajadas, comentó que si el narco perro me hubiera olfateado en Estados Unidos yo habría terminado tras las rejas.

Mis dos amigos embarcaron rumbo a México y yo quedé en el aeropuerto bogotano en espera de mi vuelo por dos horas más. Aburrida visité las tiendas de souvenirs, compré alguna artesanía, una pulsera de plata y ya cansada me senté a mirar a los cientos de pasajeros que iban de pasada, a conversar con los que se detenían y pacientemente esperar a que llegara la hora de embarcar. Junto a mi pasó un agente de seguridad acompañado de otro narco perro. En voz alta alabé la belleza del pastor alemán y pregunté al agente cómo entrenaban a los animales para que detectaran las drogas.

El agente me miró sorprendido, curioso preguntó dónde me dirigía. Le dije que a Nueva York y él comentó lo difícil que debería ser vivir rodeado por gente de todo lugar del mundo, hablando otras lenguas, practicando otros credos, pensando diferente.

—Yo vivo entre hispanos, mi barrio en Jackson Heights está habitado mayormente de colombianos, —dije sonriente para congraciarme con el oficial y, haciendo gala de mi lengua suelta, como una mensa añadí—. Conozco al "mono" John, al "tránsfuga" José, al "flaco" Silvio, al "tuercas" Plinio.

—Ajá —dijo el agente frunciendo el ceño.

Para continuar con el rollo, el maldito narco perro comenzó a oler mis pantalones. Me hice la desentendida y como si no fuera conmigo la cosa insistí con la pregunta:

—¿Cómo entrenan a los perros para que detecten las drogas?

—Desde cachorritos les damos a oler, especialmente, la cocaína. Se los envicia, los perros se vuelven adictos. Este perro que ves aquí tiene dos años y ya es un yonqui, está listo para ayudarnos con nuestra tarea. Unos días antes que los traigamos a patrullar les quitamos su ración de cocaína y cuando llegan al aeropuerto buscan desesperados donde conseguirla. Fácilmente detectan a los traficantes. Lamentablemente a los cinco años debemos sacrificarlos porque la droga adicción los vuelve asesinos— explicó el agente.

—¡Cuánta crueldad con los pobres animales! —exclamé terriblemente afectada por la explicación.

—Crueldad es meter en la olla a una langosta viva, cortarle el rabo y las orejas a un perro, torturar y matar a un toro en las corridas. Esto lo hacemos para salvar la vida de mucha gente y evitar que los traficantes sigan incrementando el número de víctimas— dijo el agente y se marchó no sin antes mirarme detenidamente con cierta suspicacia.

Finalmente llegó la hora de partir y el avión aterrizó en Nueva York sin mayores contratiempos. Antes de pasar por aduanas y recoger mi equipaje, con la vejiga a punto de explotárseme me dirigí a los baños para mujeres. Yo evito usarlos en los aviones. ¡Vaya mi sorpresa! Cuando salí, fuera me esperaban dos policías exigiendo que los acompañara. Me llevaron a un cuarto donde me trataron e interrogaron como a una delincuente.

—¿Por qué decidiste quedarte en Bogotá y no embarcarte rumbo a México como hicieron tus amigos? ¿Por qué permaneciste tanto tiempo dentro del aeropuerto? ¿Por qué hablaste con varias personas? ¿Por qué detuviste a un agente para inquirir acerca del entrenamiento de los perros policía? ¿Por qué corriste al baño cuando pudiste hacer tus necesidades en el baño del avión?

Sin creer en mis respuestas y explicaciones los agentes pidieron que me desnudara. Una mujer policía me tocó todo el cuerpo, luego me colocó frente a una cámara para checarme por dentro. Uno de los agentes trajo mis dos maletas, las abrió y revisó cosa por cosa. A una de ellas la rajó con una cuchilla en busca de un trasfondo oculto.

Sin encontrar drogas, ni nada ilegal que pudiera comprometerme los agentes pidieron disculpas y con un *We are sorry* arreglaron el tremendo lío en el que me vi envuelta. Y todo por hacer preguntas indebidas y meter mis narices en tierras donde Pablo Escobar fue el patrón.

# EL MATADERO

*Lo mismo pasa con un hombre que con un árbol.*
*Por más que busca levantarse en la altura y la luz,*
*más vigorosamente sus raíces luchan en la tierra,*
*hacia abajo, en la oscuridad, profundizan en lo malo.*
FRIEDRICH NIETZSCHE

Hoy a las 9:35 de la mañana mi hijo dejará de vivir.

Yo pensé que llegaría a la clínica y en cinco minutos el problema estaría resuelto. Pensé que me inyectarían ese químico maravilloso que dicen que adormece la conciencia y cuando despertara la pesadilla habría quedado atrás. ¡Qué alivio! Ahí la angustia y la zozobra quedaban enterradas para siempre en el pasado. ¡Pero qué va, la cosa no fue así de sencilla! Ya no me quedaban uñas para morder, ni oraciones que repetir. ¡Dios mío, haz algo! No te quedes ahí hecho el sordo y el ciego como siempre. Ya sé, vas a decirme que si no pudiste amparar a tu propio hijo peor vas a poder socorrer el mío, que la única que puede hacer algo por él soy yo. ¿Cómo, Dios dime cómo?

—Mijita, vamos, tranquilízate, te estás martirizando sin motivos, no te preocupes por nada. Hoy en día estos asuntos son pan comido, en un tris-tras todo se arregla —dice una mujer bastante joven, con el pelo demasiado rubio para su tez morena, al ver que me retuerzo los dedos haciéndolos traquetear.

—¡Alégrate muchacha! No te tocará parir y sufrir como una condenada. Cada contracción duele como la muerte, como si te arrancaran de cuajo todo lo que tienes en la barriga y los médicos como si nada. Ni fu ni fa, te abren igualito que si fueras una vaca para sacarte un muchachote enorme por ese huequito —dice otra, una mujer de unos cuarenta y tantos años—. Te lo digo yo que tengo tres hijos y no necesito un chiquillo más. Doy gracias a que existe el aborto porque no estoy dispuesta a sufrir con otro parto, ni cuidar a más muchachos.

—¿Para qué necesitamos más gente en este mundo? Ya somos muchos para traer otra carga más. Los hijos son un estorbo —dice una mujer flaca con un tatuaje en la pierna y otro en el brazo.

—Muchachita, te lo aseguramos, el aborto es la solución a nuestros aprietos —dice la mujer pelo pintado y siento que sus palabras me golpean—. ¡Bah, borrón y cuenta nueva! —agrega con desfachatez, haciéndose la chistosa.

Hay un enorme reloj redondo con números gigantes pintados de negro en la parte alta y desnuda de la pared, justo en la mitad entre dos puertas. Una es la puerta de entrada y salida a la sala de espera y la otra conduce a varias otras salas que sirven de matadero. Puedo escoger la una o la otra, me digo mientras miro el reloj. Nunca vi unas manecillas moverse con tanta lentitud. Tac, tac, tac, se arrastra pesadamente el minutero acortando el tiempo. Angustiada cuento los minutos con un nudo en la garganta y otro más grande estrangulándome la boca del estómago. Trago duro y siento que mi saliva sabe a vinagre y tamarindo. A pesar del fuerte olor a cloro, Lysol, alcohol y otros desinfectantes que se respiran en el ambiente, el tufo a sangre y muerte no desaparecen de mi nariz. No sé si podré soportar el terror por más tiempo, necesito respirar, me ahogo, estoy hundiéndome en un hueco sin fondo, estoy en el infierno. Me siento afiebrada, mareada, a punto de vomitar. Buscando alivio huelo las cáscaras de limón que traje envueltas en una bolsita plástica y con ellas corto las arcadas. Son las 9:20. Me quedan quince minutos para pensar y padecer en el infierno.

En esta pequeña sala somos nueve mujeres vestidas con una bata azul-claro, corta y ridícula, anudada en la espalda.

—Sácate todo, sostenes y calzones. Ponlos en la funda que lleva tu nombre escrito en el frente, —dijo la enfermera con voz impersonal mientras la vergüenza a quedarme encuerada me puso a llorar. Somos nueve mujeres esperando cumplir con una horrible misión, porque sí, porque así es la vida, porque nos tocó ser mujeres y gozamos de un privilegio extra, brutal y extra…vagante. Nosotras podemos decidir qué hacer con una vida humana. Así de fácil, como si fuésemos Césares en un circo romano ¿Pulgar arriba o pulgar abajo? ¡Zas! afuera con la cabeza de un vencido, y los espectadores mata-niños, y el público pro - decisión aplaudiendo como unos locos en espera de la próxima ejecución. Miro a las otras mujeres y me pregunto si alguna de ellas se sentirá tan desbaratada y triste como me siento yo.

En una esquina del cuarto, una enfermera sentada tras un escritorio chequea nuestros datos en el registro, nos mira de refilón y aburrida bosteza sin cubrirse la boca. La madre de los tres mocosos se levanta al escuchar su nombre y desaparece tras la puerta del matadero.

Gloria y yo nos conocemos desde que éramos unas bebitas, somos vecinas, compañeras de curso y las mejores amigas del mundo. ¿Quién lo hubiera dicho? La vida dejó de ser un juego de niñas para ser lo que es, una asquerosa broma. Sartre tuvo toda la razón al escribir que la vida causaba nauseas. Gloria y yo nos entreteníamos con inocentadas, nos pintarrajeábamos la cara entera como unas payasas, aunque luego nuestras madres nos zurraran en los traseros por manosear sus maquillajes. Reíamos como locas mirándonos en el espejo, a las dos nos encantaba apretar los labios y besar nuestras imágenes en el cristal. Con las piernas chuecas tratábamos de caminar con altos tacones, parecíamos un par de mamarrachas dentro de los lindos vestidos de la mamá de Gloria cubriéndonos los pies. Cuando sea grande voy a casarme con Keanu Reeves y tendré cinco hijos, decía Gloria. Yo me casaré con George Clooney y… creo que solamente tendré tres niños, decía yo en medio de carcajadas. Las dos soñábamos con crecer, enamorarnos, casarnos y ser madres. Nos colocábamos almohadas en las barrigas para parecer preñadas y como dos bolitas con patas rodábamos por el piso muertas de risas.

Gloria y yo fuimos juntas al jardín de infantes y ahora estamos a dos años por graduarnos de la secundaria. Nuestras madres piensan que hicieron bien enrolándonos desde la primaria en una escuela religiosa solamente para hembras porque así hemos aprendido a ser recatadas, adquirido costumbres cristianas y conocido el temor a Dios. ¡Caramba, jamás podré entender a ese par de mujeres! Eso significa que debemos tener miedo de Dios como si fuera el cuco, decía Gloria y yo añadía: después de meternos miedo hablan de Dios todo amor y bondad. Las dos mujeres dicen sentirse tranquilas más que nada ahora que somos adolescentes porque en una escuela sólo para mujeres estamos a salvo de ser seducidas por esos granujas que son los hombres. Como si no hubiera monjas lesbianas y muchachas tortilleras, un día dijo Gloria dejándome pasmada, con la boca abierta. Si, lesbianas, tortilleras, mariconas, mujeres que se acuestan con mujeres, explicó Gloria, como siempre, abriéndome los ojos y la mente.

Mi amiga es la única que conoce de mi situación y está ayudándome a salir de este horrible atolladero. Hoy, como todos los días, temprano en la mañana, ella pasó a recogerme a casa, pero en vez de ir a la escuela vinimos a esta clínica para mujeres en apuros. Antes, fuimos al baño de una cafetería donde nos cambiamos los uniformes que nos identificaba como hijas de la Inmaculada Concepción de María por un par de blue-jeans y camisetas. Gloria se deshizo la cola de caballo, se maquilló los ojos y se pintó la boca para hacerse pasar como mi hermana mayor. Esta tarde a las dos, Gloria vendrá a recogerme y llevarme a casa como si nada hubiera pasado.

Dos semanas atrás le confié a mi amiga que me sentía extraña, con mareos, náuseas y que por tres semanas no me bajaba la regla.

—Estás preñada, todos esos son síntomas del embarazo —dijo Gloria de sopetón, segura de conocer de estas cosas.

—¿Un hijo? No, Dios mío ¡No! —grité asustada de que algo tan horrible fuera verdad y me eché a llorar y llorar sin parar.

—Vamos Natalia, sécate esos mocos amiga. Llorando no vas a arreglar nada —dijo Gloria confortándome entre sus brazos—. Te comprendo perfectamente, estás metida en un problemón, pero tú no eres la primera ni serás la última en sufrir estos inconvenientes. Si es que estás esperando, eso se arregla facilito. Hermanita, en estos tiempos hacerse un curetaje es más sencillo que sacarse una espinilla de la cara. Hace poco mi hermana mayor salió preñada y arregló esa metedura de pata sin que mi madre se enterara. Y la Camila, la muy santita, la que no quiebra un plato ¿qué crees? Javi y yo la vimos salir de la clínica. Por supuesto que se hizo uno y mírala, está igualita, feliz de la vida.

—¿Por qué me pasó esto? ¿Por qué Dios mío? —me lamenté y seguí llorando.

—El mundo no ha terminado, todo tiene arreglo. En la clínica te pondrán a dormir y cuando despiertes estarás libre del problema. Vas a ver, nadie sospechará que estuviste de encargo —aseguró mi amiga acariciándome el pelo.

Gloria, siempre desenvuelta, que no se asusta de nada, ni siquiera de casos como éste, me acompañó a la clínica para hacerme la prueba del embarazo. Cuando entré en la oficina estaba hecha un mar de nervios, temblaba de pies a cabeza y quería taparme la cara para que nadie se enterara de mi vergüenza. Entonces vi a las otras mujeres que estaban en la sala y sentí que no estaba sola. Ahí había mujeres de todo tipo, jóvenes, mayores, blancas, morenas, todas con la misma incertidumbre temblándole en las pupilas.

Deseaba que Gloria estuviera equivocada cuando pronosticó que mis malestares se debían a la preñez, pero yo sabía que ella tenía la razón porque desde los once años y medio cuando tuve mi primera menstruación nunca me ha fallado ni por un solo día. Por algo ese sangrado se llama "la regla" pensé odiando con toda el alma la exactitud de los calendarios que con sangre nos recuerda que somos mujeres.

Mi mamá piensa todo lo contrario y dice que ser mujer era lo más bello del mundo. Claro la muy tonta se ha enamorado de un tipejo no solamente horrible sino más joven que ella y anda como una gallina clueca cacareando detrás de él. Nando, mi hermano mayor, y yo lo odiamos a muerte y no podemos verlo ni en pintura. No comprendemos que le ha visto a ese esperpento de patas chuecas y bigotito cuatro pelos. El muy malandrín conoce sus trucos, ha conseguido comprar a mi hermano y pasarlo al bando enemigo. Lo lleva en su camioneta de aquí allá, le regala cuanto puede, una bicicleta, una guitarra eléctrica, un balompié, lo invita a ver los juegos de baloncesto y lo llama compadre. Todos esos detalles y atenciones para el hijo acabaron de lavarle el coco a mi mamá, ponerla suavecita y más tonta de lo que es. Mamá se derrite de amor al verlo tan cariñoso con el Nando y como prueba de cariño le afloja cuanto pide y hasta le parió una hija, mi hermanita Lucy.

Ese día horrendo que tuve mi primera regla, el marido de mi mamá que para entonces sólo era el enamorado, el mari - novio como decía Gloria, llevó a Nando a que lo ayudara en uno de sus negocios de compra y venta de carros chatarras. Aprovechando la ausencia de Nando, toda la tarde me la pasé montando la bicicleta que mi hermano no me permitía ni mirar. Acalorada de tanto pedalear fui a bañarme antes de que regresaran y Nando se diera cuenta de que había usado la "bici" sin su permiso. Al quitarme la ropa descubrí mis calzones manchados en vino tinto y grumos de chocolate. Me asusté pensando que me había lastimado "la cosa" con el tubo de la bicicleta. Ahora si me fregué, pensé desanimada porque el Nando iba a saber lo que hacía a sus espaldas.

Mi mamá se niega a llamar a la vulva por su nombre. Ella dice que vagina y vulva suenan demasiado fuerte para algo tan delicado como es la parte privada de la mujer. La mía es "la cosa" y la de mi hermanita "la cosita". En casa "la cosa" es cosa de chiste, mamá se destornilla de risa cuando mi hermano, que siempre anda en otro patín y es un despistado, pregunta ¿Han visto esa cosa? ¿De qué cosa hablan?

El sangrado continuó y no me quedó más remedio que contarle a mamá que me había lastimado por montar la bicicleta de Nando sin su permiso. Mamá se echó a reír y me dijo que esas manchas en mis calzones significaban que ya era una mujer y que la "visita" me llegaría todos los meses. Sentí la cara roja como un tomate cuando ella me habló sobre el abultamiento de mis senos y el pelo creciéndome en "la cosa". Natalia es hora de decirte que "la cosa" es sagrada, tienes que protegerla y no permitir que nadie la toque. Tu honor depende de lo bien que puedas guardarla. En la escuela, Madre Consuelo nos había dicho algo parecido: Dios nos castiga si caemos en pecado, iremos a los infiernos si nos dejamos llevar por los malos pensamientos y gozamos tocando esa parte bendita. Gloria detesta a las monjas, dice que no sabe cuándo salir de esas hipócritas come santo-caga diablo. En el momento que la religiosa hizo aquel comentario se acercó a mi pupitre y en mi oreja preguntó: ¿Cómo sabe ella que sobar esa parte bendita nos hace gozar?

En la clínica, una enfermera me entregó un vaso plástico para hacer pipí y después de diez minutos confirmó mi estado. Estaba preñada. Como soy menor de edad, en la clínica pusieron mi asunto en manos de una consejera. La mujer nos explicó a Gloria, mi supuesta hermana mayor, y a mí, todos los cambios que mi cuerpo sufriría con el embarazo y también habló del aborto. No tienen que preocuparse porque la información es confidencial y el procedimiento sencillo y sin riesgos, dijo entregándome unos folletos.

¡Dios mío, qué cosa tan espantosa! Qué situación tan terrible, tan triste la mía. Desde que supe la noticia no he parado de llorar y es que no sabía qué hacer. Quise contárselo a mamá, pero no pude. Si se lo decía ella podía matarme a palos por puta y sinvergüenza, y si sobrevivía a la paliza de seguro me echaba de patitas a la calle para que nadie se enterara de que su hija había salido con barriga. Si lo contaba a Madre Consuelo, la superiora me expulsaría de la Inmaculada Concepción y ella misma se encargaría de recomendarme con Satanás.

No puedo tenerlo. Cómo podría mantener a un niño si todavía no he terminado la escuela y no tengo ningún oficio. Mi abuelita que continúa viviendo en el tiempo de los dinosaurios no sabe lo que dice cuando repite que los hijos son un regalo del cielo y que traen un pan debajo del brazo. ¡Dios mío ayúdame a salir de este atolladero!

Aquí esperando mi turno pienso y pienso mientras chequeo el reloj. Las 9:25. Santo cielo ya no puedo soportar la ansiedad, tengo los dedos congelados y el cerebro embullado. Nunca más volveré a pedirle otro favor a Dios. Las monjas mienten, a Él no le importan las cosas que nos pasan a los humanos. ¿Y si a pesar de todo decido tenerlo? podría escaparme de la casa, ponerme a trabajar limpiando casas, de mesera, haciendo cualquier cosa. Quizás podría darlo en adopción como sugirió la consejera.

Con la cabeza dándome vueltas y tumbos me veo sentada en la clase de Biología, la maestra nos muestra un video: "El milagro de la vida". Todas las muchachas en la clase nos horrorizamos viendo el crecimiento y cambios del milagrito al mismo tiempo que la barriga de la madre se abulta como una sandía. Luisa que se cree la mamá de Tarzán y no se espanta ni de ver al mismo diablo en calzoncillos se desmaya al ver la cabezota del muchacho salir por "la cosa" abierta como manga de camisa. Todas gritamos al mismo tiempo, yo sufro el desgarre en carne propia y siento que me despernancan como un pavo en navidad. La maestra aprovecha el shock en que estamos todas para hacernos tomar conciencia del asunto. La señora Blanco que no se anda por las ramas, ni tiene complejos de santa o virgen pura como las monjas, nos explica el uso de los anticonceptivos, de los condones y de las pastillas que nos evitaran un problemón. En ese momento todas estamos de acuerdo con ella cuando afirma que el mejor método para evitar embarazos y enfermedades es no tener sexo. La maestra nos explica cosas que nadie se atreve a decirnos, nos habla del cuidado prenatal y también de los embarazos riesgosos, nos informa que antes el aborto era ilegal y las mujeres morían en manos de personas ignorantes que lo hacían a escondidas y sin ninguna higiene, nos cuenta de las pobres desesperadas. Ellas mismas se sacaban los fetos con un alambre de colgar la ropa y no sólo agarraban infecciones tremendas, sino que se cercenaban a sí mismas y no podían ser madres jamás. Con el avance de la ciencia, hoy en día los doctores pueden ver el feto en una pantalla y con exámenes especiales comprobar si la criatura tiene problemas de salud, defectos físicos, o alteraciones mentales. La señora Blanco nos dice que es decisión de la madre tenerlo o no. Yo pienso que la ciencia es maravillosa, además de conveniente es también piadosa, no sería justo traer al mundo un mongolito, un loco, o un tullido, una criatura que ya está dañada antes de nacer. Entonces pienso en Esparta donde mataban a los niños que tenían la mala suerte de nacer débiles o deformes.

No sé por qué me vienen todas estas cosas a la cabeza ¿Y si mi hijo fuera un enfermo, un tarado o estuviéramos en Esparta?

9:30. No quiero seguir pensando. Los nervios me están atacando más fuerte, me están entrando a dentelladas por todo el cuerpo. ¿Y si salgo corriendo y salvo a mi hijo de la muerte? Estoy herida, sin fuerzas, con toda el alma deseo que mamá estuviera conmigo y me ayudara a resolver el problema. ¿Cómo y con qué cara puedo decirle que salí con un "domingo siete", como ella llama a la preñez no deseada? ¿Cómo decirle que yo no me busqué este "asunto" por mi gusto? ¿Cómo explicarle que éste es el hijo del hombre que ella ama? Del maldito gusano asqueroso que un día que nadie estaba en casa, entró en mi cuarto y a la fuerza se metió en mi cama.

La enfermera sale del cuarto donde cualquier desliz, descuido, error, mal paso, o mala fe tienen arreglo, llama mi nombre. Leo la hora en el reloj: 9:32. Los pensamientos se embrollan dentro de mi cabeza como madejas de hilos revueltos. *Los hijos son un estorbo, En un tris-tras todo se arregla, La única que puede hacer algo por él soy yo, ¿Pulgar arriba o pulgar abajo?* Siento que las manos me tiemblan como si fueran de gelatina. Al levantarme descubro que el terror ha entumecido mis piernas, los pies se me han vuelto de plomo y me pesan toneladas. Pienso que soy cobarde pienso que soy valiente mientras cuento los pasos: uno, dos, tres, cuatro … y me dirijo hacia la puerta.

## COSAS DEL DIABLO

*No ser un hombre, ser la proyección del sueño*
*de otro hombre*
*¡qué humillación incomparable, qué vértigo!*
JORGE LUIS BORGES

*El escritor es un gran diablo.*
ELSSIE CANO

Esto ya no es casualidad, me dije al salir de casa y encontrar, una vez más, al mismo tipo parado en la acera del frente. La primera vez que lo vi, tomé como una cortesía el que me ofreciera llevarme en su taxi. No gracias, le respondí para no parecer majadera. La segunda vez fue al día siguiente. Al encontrarlo pensé que quizás el tipo vivía en el mismo barrio y que por caprichos de la vida había salido a trabajar a la misma hora que yo me disponía ir a encontrarme con mis amigos.

—Señora puedo llevarla donde usted quiera —ofreció gentil abriendo la puerta del taxi. Esta vez, por el tono de la voz, descubrí que el individuo era un coterráneo.

—No gracias, tomaré el tren a pocas cuadras —dije amablemente. Sabía que la gente de mi país se ofendía al sentirse rechazada por su propia raza y te mentaba la madre o te salía con alguna otra pachotada. No estaba de genio para oírlo decir: Ahora que vive en los Estates esta chola de mierda se cree la gringa.

La tercera vez fue el jueves pasado. Había quedado en encontrarme con Gómez Quiroz y Bottaro para tomarnos unos vinos mientras deliberábamos sobre nuestros últimos libros. Salí de casa y ahí parado en la acera del frente estaba aquel hombre. Todavía creí que eran cosas del azar, pero sin ganas de toparme con él, revisé la cartera para parecer que había olvidado algo y volví a entrar al edificio. Detrás de los cristales de la puerta me puse a observarlo. El fulano tenía toda la pinta del costeño ecuatoriano, era lo que se decía un "cholo rajado a veta" porque a pesar de los cincuenta y más años que parecía contar tenía el pelo cerdoso, no sólo entero sino completamente negro. Era de estatura mediana, robusto, tenía una de esas panzas redondas, como de mujer preñada, que según aseguraban los hombres de mi tierra eran producto de la cebada que chupaban los fines de semana. Sentí miedo y hasta me entraron ganas de llamar a la policía. ¿De qué iba a acusarlo? ¿De ofrecerme sus servicios de taxista? Los agentes iban a pensar, con mucha razón, que era una vieja loca de mente calenturienta. Decidí regresar a mi apartamento y esperar unos cuantos minutos hasta que se fuera, antes eché un vistazo alrededor. A esa hora, las cuatro de la tarde, como era usual, se veían los buses escolares trayendo a los muchachos de vuelta a sus casas y algunas madres, especialmente hindúes y pakistanís que eran las que no salían a trabajar, conversando en las esquinas mientras esperaban por sus hijos. Todo marchaba de manera habitual en el tranquilo y multicultural barrio de Queens donde vivía por varios años y yo, pensando que un pobre taxista quería hacerme daño. Subí al segundo piso donde estaba mi apartamento, esperé media hora y cuando volví a salir ya no encontré al tipo. Probablemente se habría marchado pensando que yo me quedaría en casa.

Les comenté a mis amigos sobre el individuo sospechoso y de mis miedos de que fuera un atracador o un enfermo sexual. La verdad fue que exageré un poco, pero de todas maneras ninguno de los dos lo tomó en serio. Gómez Quiroz, como buen chileno, Rey del hueveo, dijo: No jodas con esas hueváas, y Bottaro, el venezolano petulante, en tono despectivo comentó: Hummm, yo no confiaría de un ecuatoriano ladino.

No volví a ver al sospechoso individuo en casi dos semanas hasta hoy viernes cuando me disponía a ir a una lectura en el Barco de Papel, una librería cerca de casa donde se presentaban poetas y escritores locales. Esta vez supe que ya no era casual, también supe que no estaba dispuesta a dejarme amedrantar por un extraño y salir corriendo a esconderme en mi apartamento. Al verme, el tipo bajó la cabeza como gesto de saludo y ensayó un gesto parecido a una sonrisa. Crucé la calle en dirección a mi destino e ignorándolo por completo pasé a su lado.

—Señora, disculpe, tengo que hablar con usted —dijo el fulano. Dispuesta a ponerle fin a esta situación que ya podía considerarse un acoso, me le enfrenté.

—Mire usted no sé cuáles sean sus intenciones, pero ésta es la última vez que se dirige a mí. Llamaré a la policía y les diré que me está persiguiendo —grité para que me escuchara bien y se dejara de vainas.

—Señora Cano, no se enoje. Yo solo quiero tener una charla con usted —dijo el hombre y entonces si me asusté al escuchar mi nombre.

—¿Cómo sabe mi nombre? —pregunté desarmada y curiosa a la vez.

—Me llamo Abelardo Sotomayor, soy manabita ¿eso le dice algo? —interrogó en vez de contestar a mi pregunta.

—¿Abelardo Sotomayor? No conozco a nadie con ese nombre y mire que tengo muy buena memoria.

—Señora Cano, disculpe el atrevimiento ¿podría acompañarme a un lugar donde podamos hablar?

—Está bien. Hay una cafetería a pocas cuadras de aquí, en la Ítaca y la Baxter. Podemos tomar un capuchino mientras usted me dice de que se trata todo esto —propuse muerta de curiosidad.

—Vamos en mi taxi —ofreció el tipo.

—Prefiero ir caminando —dije. Jamás iba a treparme al carro de un fulano como este Abelardo Sotomayor. Mujer precavida llega a vieja sana y salva, me aconsejé a mí misma.

Nos acomodamos en la mesa del fondo, pedimos los capuchinos y continuamos con la conversación.

—Antes que todo quiero que me explique cómo sabe mi nombre y dónde vivo.

—Como taxista ando por todo lado y conozco a mucha gente. No sé si lo leí en el

Queens Latino o en la librería El Dorado donde encontré un volante anunciando la presentación de *Mi maravilloso mundo de porquería*, la novela de una escritora ecuatoriana. No sabía que entre nuestros paisanos había escritores y menos una mujer. Aquí en Nueva York todo lo que los ecuatorianos hacemos es trabajar, jugar al fútbol y los que vivimos en Queens, ir los domingos al Parque de Flushing. Me entró curiosidad por conocerla y fui a verla.

—Oh, ya veo. Hubo varias presentaciones ¿a cuál de ellas fuiste? —pregunté tuteándolo.

—A la que se hizo en el Centro de Adultos que está cerca de la Junction, la presentación estuvo a cargo de un escritor dominicano de apellido Tineo. Inclusive usted firmó mi copia, pero como éramos tantos en la fila no se fijó en mí. Pero yo sí, estuve atento a cada palabra que dijo, a cada gesto que hizo. Al conocerla sentí una rara sensación, como si estuviera hechizado por su presencia. Cuando usted dijo que un grupo de escritores amigos la habían salvado de tirarse de un puente me sentí conmovido, triste, y pensé que usted tuvo que haber sufrido mucho para estar en una situación tan desesperada. Usted también dijo que consideraba la venganza como un derecho placentero del ser humano y en ese momento me dio miedo ver la sonrisa que se dibujó en su cara.

—¡*Please*, esas son cosas de escritores! Muchas veces decimos cosas que nosotros mismos no las creemos. Lo que es yo, no estoy de acuerdo ni con lo que pienso. Los escritores vivimos en un mundo fuera de este mundo. Mira, en este momento quizás esté conversando con alguien que no existe.

—No diga eso señora Cano, por favor, no lo diga. Yo soy verdadero, aunque sea uno de los personajes de su novela. Por eso la he buscado, quería hablar con usted y que me dijera cómo sabía tantas cosas de mí.

—¿De qué hablas infeliz? —dije más enojada que sorprendida.

—Señora Cano, yo soy Abelardo Sotomayor. El taxista amigo de Mariela Valdez, la protagonista de la novela, el que la ayudó cuando la pobre estuvo jodida, el que le habló de las maniobras sucias del gobierno para meterse en Irak. ¿Ahora si sabe quién soy?

—¿Así se llamaba el taxista? Mira, son tantos los personajes, tantos los nombres, que olvido quién es quién. Abelardo Sotomayor es un nombre como otro cualquiera que escojo al azar, así como también es la vida que les creo. Abelardo siento decirte que eres mi creación, que jugué contigo y gocé haciéndote sufrir como a todos los demás. Discúlpame, eres producto de mi imaginación, tú no existes.

—Si es que soy producto de su imaginación, entonces dígame ¿cómo es que usted sabía que soy taxista, manabita, que en mi país fui abogado, que compré una casita en Richmond Hill, que creía en las conspiraciones sobre el derrumbe de las Torres Gemelas del World Trade Center?

—Te vuelvo a decir: eres producto de mi imaginación. Tú no existes.

—Señora por lo menos diga que son coincidencias. Si viera las cosas que me han pasado por su culpa y eso que no mencionó mayores detalles sobre mi vida. Después de leer la novela y encontrarme en ella me sentí importante. Cuando se la di a leer a mi mujer ella dijo que iba a hacerme famoso. Pensando que la suerte estaba de mi lado se la di a leer a otros dos compañeros ecuatorianos que me llamaron embustero y porfiaron que una compatriota, y menos aún, que una mujer, pudiera ser escritora. Usted sabe cómo somos los ecua, los hijuesumadre no soportaron la envidia y quisieron joderme. Me denunciaron a la Migra. Gracias a Dios tenía mis papeles en regla si no me mandaban de patitas de regreso a mi tierra. No contentos con eso, en la base comenzaron a correr los rumores de que yo era un antiyanqui, un infiltrado, un terrorista y, por si acaso, para no meterse en problemas, el *boss* me echó del trabajo. Ahora manejo un taxi gitano y trato de mantenerme alejado de mi propia gente. Pero como no aprendo y por hacerme el anchetoso, compré tres libros más y los mandé a Ecuador para que mi familia viera que era un personaje. Déjeme contarle lo que pasó. En Manta, aprovechando que era abogado, hice unas cuantas estafitas. Necesitaba dinero para viajar a los Estates con mi mujer y don Sata me tentó. Por culpa del libro ahora los estafados saben dónde encontrarme y estoy en peligro de perder no sólo mi casita sino mi vida. Los manabitas somos macheteros y la venganza, como usted dice, es un derecho placentero. En cualquier momento se me duerme el diablo y despierto en la otra.

—Siento mucho lo que te ha pasado por mi culpa.

—No sé, la miro y sigo sintiendo una sensación rara, me parece estar bajo el influjo de un encantamiento. Pero de que soy verdadero, soy verdadero. Mire mi licencia de manejo y mi identificación de taxista —dijo buscando la cartera en el bolsillo del pantalón sin encontrarla—. ¡Dios mío he dejado la billetera en casa! —exclamó mirándome con ojos de angustia.

—No te preocupes, no tienes que mostrar nada —dije con una sonrisa para calmarlo—. Siento mucho haber usado tu nombre, tu vida y haberte causado problemas. ¡Increíble, como son las cosas! Vicente Huidobro dice que el poeta es un pequeño Dios, yo digo que el escritor es un gran diablo. Bueno, que te digo Abelardo. Estas son cosas de escritores o del diablo, que al final son la misma cosa.

Nos despedimos con un apretón de manos.

—Puede llamarme cuando necesite mis servicios —dijo entregándome una tarjeta que sacó del bolsillo de la camisa.

—Tengo la estación del *subway* a tres cuadras y me encanta viajar en los trenes —dije con una sonrisa. La verdad era que no deseaba volver a verlo—. Abelardo espero que todo salga bien. No des la novela a nadie más, es mejor que la gente piense que no existes. ¡Buena suerte!

El tipo que había dejado de ser un extraño y un sospechoso fue en busca de su carro y yo, que aún tenía tiempo, fui a la lectura en Barco de Papel. Ahí me encontré con Gómez Quiroz, Bottaro, Tineo y el Plinio Garrido. Terminado el evento los cinco fuimos a tomar unas cervezas en uno de los muchos barcitos que se encontraban a lo largo de la avenida Roosevelt, como siempre, para celebrar los libros, la palabra, la amistad y, por supuesto, la vida.

—Antes de llegar a la librería, tuve una charla con Abelardo Sotomayor, un personaje de *Mi maravilloso mundo*, que, por cosas del diablo, es taxista, manabita, y cree en las maniobras maquiavélicas del gobierno para meterse en el Oriente Medio —conté a mis amigos.

—Ya vas a empezar con tus hueváas —se quejó el Rey del hueveo.

—En algunas obras los escritores mencionan haberse encontrado con sus personajes —comentó Bottaro.

—Con Elssie nunca se sabe si lo que dice es un cuento o es la verdad —dijo Tineo echándose a reír.

—¿Y tú Plinio? ¡Qué bacano señalar a Jean Paul Sartre como filósofo de Sincé, el pueblito refundido en algún rincón de tu Colombia! —comenté divertida para dejar de lado, y olvidar, el extraño encuentro con alguien que creía existir de verdad. Gómez Quiroz nos ordenó la tercera o cuarta ronda de cervezas y ahí, entre discusiones y risas, continuamos bebiendo por un par de horas.

Eran las dos de la madrugada cuando nos despedimos y cada cual fue a su casa. Llegaba al edificio donde vivía cuando escuché la voz de una mujer llamándome por mi nombre: Señora Cano, Elssie Cano. Apresuré el paso y sin detenerme abrí la cerradura de la puerta de entrada, subí hasta el segundo piso y me tranqué en mi apartamento. Ni que estuviera loca, suficiente tenía lidiando con granujas de carne y hueso para ponerme a escuchar quejas y reclamos de gente que no existía.

## San Pedofilio Hanibal, siervo del Señor

*Porque le decía: Sal de este hombre,*
*espíritu inmundo.*
*Y le preguntó: ¿Cómo te llamas? Y respondió, diciendo:*
*Legión me llamo; porque somos muchos.*
Marcos 5:8

—Padre Mauricio, he mandado a llamarlo para comunicarle que será transferido a un pequeño pueblo. El padre Hanibal murió hace tres semanas y usted ha sido escogido para tomar su lugar como párroco de Edencito.

—Padre me honra con su decisión, pero no me creo digno de substituir al padre Hanibal que como todos sabemos era un santo.

—Lo hemos escogido porque conocemos de su dedicación y entrega. Edencito es un pueblo de gente humilde, trabajadora, servicial, cariñosa y usted sabrá como guiarlo y llevarlo por el camino del bien. Comprendo que no será fácil reemplazar a una persona que estuvo a su lado por veintitrés años, a la que amaron y por la que movieron cielo y tierra hasta quedarse con los restos. Tenga paciencia y verá que esa gente llegará a quererlo igual o más que al padre Hanibal. Recuerde que nuestro apostolado es llevar la palabra del Señor a los lugares más remotos e inhóspitos.

—Padre no me estoy quejando. Lo que pasa es que siento temor.

—Le recomiendo paciencia, valor y fortaleza para enfrentar cualquier inconveniente. Pida al Señor que lo ilumine en los momentos de flaqueza e indecisión.

Una semana más tarde el padre Mauricio llegó a Edencito. En la estación terrestre lo recibió un hombre de mediana edad, gordo, colorado, cordial y campechano llamado Ismael Toret. Ismael, además de trabajar en sus haciendas se desempeñaba como alguacil del pueblo. Ismael invitó al sacerdote subir a la camioneta que lo conduciría hasta los terrenos, no lejanos de la iglesia, donde se levantaba la casa que desde ese día sería su hogar. En el camino, el parlanchín Ismael fue mostrándole los alrededores: el río de aguas cristalinas que serpenteaba entre los campos, los maizales, los sembríos de arroz, de trigo, de café, los árboles frutales, algunas vacas pastando a la distancia, y adentrándose en el pueblo, los cercados donde se encontraban potros, cerdos y gallinas.

—Nuestro pueblo se llama Edencito porque es un paraíso en pequeñito. Un lugar lindo donde se respira paz y tranquilidad y todo gracias a nuestro santo siervo del Señor —dijo Toret orgulloso—. Todas esas casitas, unas de caña, otras de adobe son las que el padre Hanibal ayudó a construir para la gente del pueblo. Esa casa con muchas ventanas y techo de zinc es la escuela que el padre Hanibal ayudó a levantar para que los niños no se quedaran burros. Esa parcela cercada que está junto a la escuela, la ayudó a edificar el padre Hanibal para que los muchachos jugaran en las tardes. Ese es el camposanto que el padre Hanibal ayudó a montar para que la gente del pueblo fuera a descansar en paz.

—Ya veo —dijo el cura pensando que llenar el vacío dejado por el santo iba a ser más difícil de lo que imaginaba.

Entraron al centro del pueblo donde Ismael fue mostrándole la bodega de Inocencio, la fonda de Evelio, el almacén de Porfirio, la panadería de Pascual, la herrería de Toribio, el consultorio del doctor Idelfonso, la cantina de Facundo, el burdel de Olinda. Finalmente señaló la alta cruz que se elevaba sobre un bloque de adobe y madera blanqueado con cal.

—Esa es la iglesia que el padre Hanibal ayudó a construir para que los fieles tuviéramos una casa donde buscar sosiego, rezar y escuchar la palabra del Señor.

La camioneta se detuvo frente a la plaza rodeada de almendros que estaba frente a la iglesia y el cura con sorpresa vio el gentío que lo estaba esperando para darle la bienvenida.

No pudo evitar emocionarse ante las muestras de cordialidad de la gente. Ismael lo ayudó a subir al tablado en medio de los aplausos de los presentes. Un grupo de niños entonó una cancioncita dedicada a la amistad y el amor, otro grupo le entregó una canasta con mangos, papayas, zanahorias y tomates. Corina, la mujer de Toret, y Leonor, la cuidadora de la iglesia y de la casa del cura, lo obsequiaron con un ramo de girasoles.

—Padre Mauricio sea bienvenido a Edencito. Esperamos que se amañe pronto. Somos gente de campo, sencilla y trabajadora, somos gente de paz. A pesar de nuestra pobreza no nos falta para comer porque aquí en Edencito, como nos enseñó el padre Hanibal, estamos para ayudamos entre todos. Ahora usted es parte del pueblo y sepa que cuenta con nosotros para lo que necesite —dijo Ismael dándole un fuerte abrazo.

—Gracias hermanos por su hospitalidad. Les confieso que estaba nervioso, pero ahora, con sus demostraciones de cariño me siento en familia. No puedo compararme al gran ser humano que fue el padre Hanibal, pero espero continuar con su obra y hacer por lo menos un poquito de lo mucho que el santo hombre hizo por Edencito. Qué nuestro Señor Jesucristo los bendiga a todos. Vayan en paz —dijo el cura emocionado mientras hacía la señal de la cruz sobre sus cabezas.

Después de compartir con los vecinos, Ismael, Corina y Leonor acompañaron al sacerdote a la granjita donde el padre Hanibal había pasado los veintitrés últimos años de su vida y que ahora sería su vivienda.

—Sabemos que necesita descansar, pero sería bueno que conociera la casa. Aquí lo dejamos en buenas manos, nuestra querida Leonor se la mostrará con mucho gusto. Y no tenga pena pedirle que le prepare algo de comer antes de irse a la cama —dijo Corina despidiéndose del sacerdote.

—Padre, mi marido y yo estaremos contentos de servirlo, así como servimos al padre Hanibal todos estos años. Norberto fue a recoger las provisiones, pero mañana por la mañana ya estará con nosotros. Mire éste es su dormitorio y el cuarto de acá es el baño, son estancias pequeñas, pero va a ver lo grande que son la cocina y el comedor.

—Ya veo, me agrada que sean espaciosos y tengan muchas ventanas —dijo el sacerdote admirado del concepto de casa que se tenía en el pueblito.

—Al padre Hanibal le gustaba invitar a la gente a comer. Ismael, su mujer y otros vecinos lo acompañaban los últimos viernes del mes —dijo Leonor señalando la larga mesa y las doce sillas de madera.

La casa contaba con un cuarto pequeño donde se guardaban objetos religiosos, botellas de vino y frascos vacíos. También había una sala que servía de oficina donde un enorme crucifijo colgaba de una pared. Las otras paredes servían como anaqueles para una gran cantidad de libros entre los que se encontraban diferentes versiones y traducciones de la biblia y varios manuales de botánica. En una de las repisas había varias cajitas de vidrio conteniendo insectos y pequeños animales disecados. Leonor lo invitó a salir por la puerta de la cocina para mostrarle la casita donde vivían ella y su marido, las matas de mango, los aguacateros, dos vacas, una yegua, las gallinas y los pavos.

—¿Qué hay en ese galpón refundido entre los matorrales? —preguntó el sacerdote señalando lo que parecía ser un depósito.

—Es un plantero. Ahí el padre Hanibal cultivaba matas que él decía eran benditas. Únicamente mi marido podía ayudar a cuidarlas porque "sus matojos sagrados", como él llamaba a sus plantas, eran celosas. Me hizo jurar que nunca las molestaría y yo prefería morir antes que desobedecer al padre Hanibal. Por no hacer caso fue que Dios castigó a Adán y Eva, —dijo Leonor persignándose—. Las hierbas alrededor son perejil, cilantro, orégano, pimienta, ajo y ají. Al padre le gustaba su comida bien condimentada.

—Sé que aquí en Edencito descansan los restos del padre Hanibal. Me gustaría visitar el cementerio y rendir mis respetos a ese santo varón —pidió el sacerdote entrando a la casa.

—Ya es tarde y como dijo Ismael usted necesita dormir, pero mañana le mostraré la iglesia donde reposa el santísimo cuerpo. El padre Hanibal no fue enterrado en el cementerio como toda la gente, sus restos descansan en una caja de vidrio dentro de la capilla. Ya ha pasado un mes desde su muerte y va a verlo, parece que solo fuera ayer. Su cuerpo está enterito, limpio de podredumbres y malos olores. ¡El padre Hanibal era un santo! —dijo la mujer levantando la mirada a lo alto.

El canto de los gallos lo despertaron cuando el primer chorrito de luz brilló en el horizonte. Apagó el reloj despertador luego de comprobar que el aparato era inútil en el pueblo. Bostezando fue al cuarto de baño donde gratamente sorprendido encontró que Leonor ya le tenía la tinaja llena con agua tibia.

Después de asearse vistió la sotana y se dirigió a la cocina.

—Padre le recuerdo que ésta es su casa, siéntese a comer su desayuno con toda confianza. El café está recién colado, el pan salido del horno y la leche espumosa y caliente porque Norberto acaba de ordeñar la vaca. Padre, perdone, me he tomado el atrevimiento de pasar los huevos por agua caliente, así como le gustaban al padre Hanibal.

—Gracias Leonor, todo está bien. Tome asiento y desayunemos juntos —ofreció jalando una silla.

—Eso mismo hacía el padre Hanibal, siempre comíamos juntos —dijo la mujer con una sonrisa que dejaba todos los dientes a la vista—. ¡Norberto ven para que conozcas al padre Mauricio! —llamó sin dejar de sonreír.

Norberto apareció por la puerta de la cocina sacándose el sombrero en gesto de respeto. Sin decir palabras se mantuvo de pie, con la cabeza inclinada.

—Entra y toma asiento —pidió el cura mirándolo con cierto recelo. Encontró en él algo que le causó desazón, angustia, pena y repugnancia. A pesar de verse limpio, su cuerpo o su ropa despedían un olor desagradable.

—Norberto es mi marido. Él ha estado sirviendo en esta casa por veintitrés años, desde que el padre Hanibal llegó al pueblo. Entonces el padre era joven como es usted, tenía treinta y cinco años y Norberto era casi un niño. Norberto y yo nos conocíamos desde críos y cuando nos casamos yo también entré a servir al santo hombre. Ahora lo serviremos a usted.

—Así es padre Mauricio, usted pide y nosotros nos encargaremos de todo —dijo Norberto sin atreverse a mirar al sacerdote mientras mojaba un pedazo de pan en el café con leche.

—Hermanos, para mi será un placer tenerlos a mi lado. Miren nomás, me tratan como a un príncipe —dijo el cura intentando aliviar la extraña sensación que le producía la presencia de aquel humilde hombre.

—¿Qué se le antoja para almorzar y cenar? Al padre Hanibal le gustaba almorzar algo ligero, pero para cenar prefería los riñoncitos cocidos en vino, hígado apanado, los tronquitos y los güevos refritos, los sesos lampreados y todo acompañado con vino tinto —informó la mujer.

—Leonor, no hables tanto —aconsejó Norberto.

—No tienes que preocuparte por preparar todos esos potajes. Con una sopa de fideos o vegetales, una presa de pollo asado o un pescado frito tengo suficiente —dijo el sacerdote palmoteando el hombro de Norberto, recriminándose por desconfiar de un hombre que seguramente era bueno y piadoso.

Luego de desayunar los tres caminaron hasta la sencilla iglesia. Una cruz de madera sobre el altar y los cuadros representando las estaciones de la Pasión eran los únicos ornamentos del recinto. A un costado se encontraba un pequeño santuario donde Leonor dijo estaba la urna del santo. Curioso, el padre Mauricio se acercó al arca para comprobar el estado en que se encontraban los restos de su predecesor. Al verlos, sorprendido, se santiguó repetidas veces.

—¿Fue embalsamado el cuerpo del padre Hanibal? —preguntó no convencido del portento del que era testigo.

—¿Qué quiere decir con embalsamar padre Mauricio? —preguntó Leonor.

—Quiero saber si alguien lo roció con aceites o bálsamos, si sus restos recibieron algún tratamiento especial —explicó el sacerdote.

—No que nosotros sepamos y nunca nos separamos de su lado. Un día, el padre me llamó para que lo ayudara a levantarse, dijo no sentir dolor pero que el cuerpo no le respondía. Había cumplido los cincuenta y ocho años y era fuerte como un toro, nunca estuvo enfermo ni siquiera tuvo una gripe o un dolor de cabeza. Cuidaba a los niños con sarampión, viruelas y paperas, a los enfermos de paludismo y dengue. Incluso cuidaba a los tísicos y nunca se contagió de nada. Y así de la noche a la mañana ya no pudo tragar. A la fuerza yo le empujaba las cucharadas de sopa de carne y legumbres molidas para que tuviera fuerzas y nada que mejoraba. El doctor Idelfonso y el que mandaron de la ciudad no descubrieran por qué quedó entumecido y mudo en menos de lo que cantaba un gallo. Norberto y yo nos turnábamos para velar su sueño y cuando se agravó vinieron Ismael Toret y Corinita para hacerle compañía. Justamente tres meses después de que cayera enfermo cerró los ojos y dejó de respirar. Al día siguiente Ismael comunicó a la gente de la ciudad que el padre había muerto y vino ese sacerdote viejo que lo visitaba cada cierto tiempo. El cura quiso llevárselo, pero no lo permitimos. El padre Hanibal siempre dijo que Edencito era su hogar y aquí quería quedarse para siempre. Norberto se encargó de limpiarlo y vestirlo con la sotana que usaba en los días de fiesta, yo le coloqué el crucifijo sobre el pecho y entre todos lo llevamos a la iglesia en una procesión. Aquí en la iglesia lo velamos por siete días y lo rodeamos con azucenas y nardos, velas e incienso. Fue idea de Ismael hacerle una caja especial y Norberto le fabricó esta de vidrio para que todos viéramos que no nos había abandonado —dijo Leonor y acongojada al recordar la agonía y muerte del santo besó con devoción la tapa de vidrio—. Y desde entonces aquí sigue su cuerpo sin podrirse ni oler feo. Ya le dijimos que el padre Hanibal era un santo —añadió la mujer mientras Norberto, cabizbajo y mudo, continuaba parado a un lado de la urna.

El domingo durante el sermón de la primera misa que celebraba en el pueblo, el sacerdote se percató de que muy pocos atendían a lo que estaba diciendo. La gente estaba más interesada en postrarse ante los restos del santo que venerar la presencia del Señor y escuchar su Palabra. Es muy pronto para darme por vencido, ya encontraré la forma de ganar la confianza y la amistad de estas personas, se dijo más animado al recordar las palabras del superior de su congregación aconsejándolo a que tuviera paciencia, valor y fortaleza para enfrentar cualquier inconveniente. Luego de dar la bendición final exhortó a los parroquianos a no tener pena y buscarlo cuando fuera necesario, prometió visitarlos en sus casas para conocerlos mejor. Terminada la misa el sacerdote fue hasta la puerta a despedirse de cada uno de los fieles, fue cuando Ismael Toret se le acercó para decirle que tenía algo importante que discutir con él.

—Leonor me ha dicho que usted y su mujer cenaban con el padre Hanibal cada último viernes, pero no hay que esperar tanto. ¿Le parece bien reunirnos este martes? —invitó el cura e Ismael aceptó con agrado.

Ese martes el padre Mauricio se despertó antes de que los gallos cantaran porque ciertos ruidos que no eran los ya conocidos chillidos de las ranas o los búhos lo pusieron en alerta. No había soñado, claramente había escuchado pasos y el ruido producido por un bulto al ser arrastrado por la tierra. Se puso una bata y con una linterna encendida salió al patio.

—¿Dónde va padre? —preguntó Leonor.

—Escuché ruidos y ahora veo luces que salen del invernadero.

—No se asuste. Es Norberto preparándose para salir en busca del pan, la leche y lo que necesitamos para la cena de esta noche. En el plantero guarda las alforjas que lleva en la mula. Vuelva a la cama que todavía faltan un par de horas para levantarse —explicó Leonor y tranquilo regresó a su cuarto.

La mañana la dedicó a escribir un reporte y enviarlo al padre superior. En la tarde, después de la siesta, salió a caminar por los alrededores. En el camino se topó con algunas de las personas que vivían en las cercanías y no se sorprendió del comportamiento huraño y casi hostil de la gente. Una cosa fue el recibimiento y otra la comunicación diaria. Con amor y paciencia hasta el hombre más arisco se suaviza, se dijo para darse aliento. Regresó a casa cansado y sudoroso, tomó un baño con agua tibia y a las siete estuvo listo para recibir a Ismael y Corina.

—Padre, usted tiene la suerte de tener a Leonor en su casa. Este guisado que ella prepara es el mejor del mundo —dijo Ismael llenando su plato por segunda vez.

—A mí me gusta todo lo que Leonor cocina, en especial el hígado encebollado y las tripas rellenas de arroz y sangre —dijo Corina.

—Tienen razón, tengo la suerte de contar con Leonor —dijo el cura con ganas de chupar un hueso—. Y ahora señor Toret, dígame qué es lo que debe discutir conmigo. ¿Cómo puedo ayudarlo?

—Por favor padre, llámeme Ismael —reclamó el alguacil mientras se servía otra copa de vino—. En mi nombre y el de toda la gente en Edencito queremos solicitar la canonización del padre Hanibal, declarar su santidad de manera oficial y que usted nos ayude con los trámites.

—Ese es un proceso que se inicia cinco años después de la muerte de la persona. Exige que se hagan investigaciones de su vida, de sus virtudes, de su fortaleza y moderación con los placeres. Además, requiere el testimonio de testigos y pruebas documentadas de los milagros realizados por su intercesión. Asimismo, la exhumación del cadáver, aunque en este caso no será necesaria porque el cuerpo no ha sido enterrado —explicó el sacerdote.

—Podemos esperar esos cinco años y documentar los milagros que nuestro santo hizo y que seguirá haciendo después de muerto. Mi propio hijo, el Dantecito, fue uno de los que escapó de la muerte gracias al padre Hanibal. Y si de milagros se trata de que más milagro que permanecer limpio de la podredumbre que da la muerte —dijo Ismael y todos estuvieron de acuerdo.

—Me comprometo a recopilar los datos, documentar las pruebas necesarias y tan pronto se cumplan los cinco años, solicitar los papeles requeridos —ofreció el padre Mauricio.

—Padre, ¿qué le parece reunirnos cada último viernes del mes como lo hacíamos con el padre Hanibal? Sería una manera de honrar su memoria —insinuó Corina y todos volvieron a estar de acuerdo.

Pasaron tres años y con el correr del tiempo el padre Mauricio, con su natural bondad, su dedicación, y paciencia pudo conseguir la aceptación y la confianza de la gente. No sólo les servía de confesor y guía espiritual, sino que además tomó a cargo la alfabetización de niños y jóvenes, la organización de eventos sociales y deportivos, confortaba a los enfermos, visitaba a los ancianos, ayudaba con el nacimiento tanto de niños como de crías de animales, con las cosechas, con las reparaciones de casitas, potreros y corrales. No tanto por validar la sugerencia de Corina sino para complacer a Leonor que disfrutaba jactarse de sus habilidades culinarias, continuó con la costumbre de cada último viernes compartir la cena con Ismael, Corina, Inocencio, Porfirio, Pascual, Evelio, Toribio, Facundo, Olinda y el doctor Idelfonso que una vez al mes pasaba por el pueblo.

Al principio le llamó la atención la desaparición de Norberto el día anterior a la cena de los viernes, luego terminó aceptando las explicaciones de Leonor: Tiene que recorrer varias fincas para escoger la mejor res, el mejor chancho, el mejor chivo y las mejores morcillas. Padre ¿qué podemos hacer si mi marido es tan quisquilloso?

El padre Mauricio pensaba que Norberto no solo era quisquilloso sino extraño y mudo. Leonor hablaba por los codos y al marido había que sacarle las palabras con tirabuzón. Una tarde fue en su busca para que lo acompañara a recoger el vino de consagrar. Cuando salió al patio, donde el hombre se dedicaba a cuidar el huerto y los corrales, lo vio entrar al invernadero y fue tras él. Era la primera vez que ponía un pie en ese lugar, no lo había hecho antes por respeto a la memoria del padre Hanibal. Únicamente mi marido podía ayudar a cuidarlas porque "sus matojos sagrados" como él llamaba a sus plantas eran celosas, le había dicho Leonor y al ver la cantidad de hierbas que crecían en tarros o colgaban por las paredes, entre los que reconoció el laurel, la mejorana, la sábila, la ruda y el tomillo, recordó los manuales de botánica encontrados en la biblioteca y supuso que el santo había sido un estudioso de las plantas. Dio una vuelta por el invernadero y al no encontrar a Norberto se rascó la cabeza preguntándose por dónde había salido si no había otra puerta. Ahora entiendo por qué Norberto huele nada agradable, pensó asqueado al percibir lo feo que olían algunas matas y salió del galpón tapándose la nariz.

Un día encontró a Leonor llorando como una Magdalena y entonces descubrió que además de quisquilloso, tímido y mudo, Norberto era sexualmente impotente.

—¿Qué pasa mujer? ¿A qué se deben esos lagrimones? Cálmate o vas a lograr que yo también me ponga a llorar —la consoló rodeándola entre sus brazos. Leonor era una mujer buena, piadosa, y en esos tres años él había llegado a quererla y apreciarla—. Cuéntame qué es lo que te tiene tan triste.

—Padre voy a contarle algo horrible. El único que lo sabía era el padre Hanibal porque ni a mi madre me atreví a decírselo para no darle sufrimiento. Norberto nunca me ha tocado. Usted comprende, así como un hombre hace con su mujer. Cuando me casé con Norberto era una niña y creí que era normal, que uno se iba a vivir con la otra persona y eran para siempre felices. Luego la familia y la gente comenzaron a preguntar cuándo venía el primer hijo. Alguien llegó a preguntarme si era que mi marido no funcionaba, si no se le paraba. Entonces supe que para tener hijos el hombre y la mujer debían arrejuntarse y eso nunca iba a pasar porque Norberto y yo vivíamos como hermanos. Le exigí a Norberto que me cumpliera y él nada. Yo te quiero y conmigo no te falta comida ni techo, eso es lo importante, decía y así estaba contento. Yo lo buscaba, me le metía en la cama desnudita, quería que me tocara y nada de nada. Llegué a pensar que Norberto no tenía esa cosa como todos los hombres o que la tenía chiquita y le daba pena enseñarla, que por eso nunca se dejaba ver desnudo. Pero un día lo miré por una rendija y casi que se me salen los ojos. Padre, qué pena decirle, pero la tenía enorme, el problema era que no quería usarla conmigo. Un día escuché que había hombres que preferían arrejuntarse con otros hombres y supuse que Norberto era maricón. Pero no, nunca logré pillarlo mirando a otro hombre, lo que a él le gustaba era estar solo y refundido donde nadie lo molestara.

—Leonor necesitas paciencia. Me has dicho que no te ha faltado con nadie, debes esperar, tú sabes que Norberto es tímido.

—Eso mismo dijo el padre Hanibal cuando se lo dije. Ten paciencia, ten paciencia y nada. Lo peor es que he dejado pasar el tiempo. Pude divorciarme y casarme de nuevo, pero me dio pena dejarlo solo. Padre nunca le fue infiel y a los treinta y siete años soy virgen todavía. Lloro porque siempre quise ser madre, cuidar un hijo, verlo crecer y eso no va a pasar —dijo Leonor sintiéndose más triste y desvalida que nunca.

Mientras pasaban los años el cuerpo del padre Hanibal continuaba sin mostrar vestigios de descomposición y ese misterio atrajo a visitantes de pueblos de distintas regiones del país. A diario decenas de personas llegaban en busca de un milagro, la gente traía a sus enfermos cargados tras las espaldas o en sillas de ruedas. Cumpliendo penitencia, muchos llegaban de rodillas. Fue necesario mantener estricta vigilancia para que la gente no profanara el lugar, intentara romper la caja para sobar el cadáver o llevarse una hebra del pelo o de la ropa del santo. La curia intentó sacar su buena tajada del bendito caso y propuso al padre Mauricio vender como reliquias pedacitos de la ropa que en vida el siervo del Señor había o no usado, negocio que no cuajó porque el honesto sacerdote, ofendido, rechazó la suculenta oferta. Mientras tanto el cura prosiguió documentando los milagros del santo con fechas, fotos, nombres y pormenores de los beneficiados, así como las declaraciones de los testigos.

No fue hasta finales del cuarto año de ejercer como párroco de Edencito que el padre Mauricio hizo un macabro descubrimiento. Algo le decía que Norberto escondía un secreto, cada vez hablaba menos, ponía pretextos para no compartir en la mesa, no se acercaba al confesionario y apenas si se dejaba ver. Fue un viernes, día en que los convidados lo acompañarían a cenar. Momento antes del desayuno vio a Norberto entrar al invernadero y fue tras él para pedirle que lo ayudara a llevar a la escuela los cuadernos que había recibido de la ciudad. Ya dentro vio como Norberto retiraba varias macetas del piso, levantaba la tapa de madera de una abertura camuflada con tierra y hojas secas, y luego de entrar al hueco bajaba la tapadera. Curioso el sacerdote buscó escondite tras unas plantas y esperó a que Norberto saliera para él investigar por qué había una entrada disimulada y qué guardaba bajo tierra. Pasados unos quince minutos, Norberto salió con una bolsa pequeña que llevó a la casa. Sigiloso, el cura levantó la portezuela y bajó la escalerilla. Lo que vio lo dejó sin aliento.

Sobre una mesa rústicamente labrada descansaba el cuerpo de un muchachito de unos seis o siete años, pedaceado como si se tratara de una res. Junto al cuerpo había un hacha, un serrucho, una jeringa enorme como las que se usaban para inyectar a los caballos y varios cuchillos filudos con los que se le había trepanado el cráneo, abierto la barriga, cortado los genitales y las extremidades. Sin moverse, porque el horror lo había paralizado, vio, colgados de la pared, tubos plásticos, más jeringas, otros aparatos que no reconocía y dos delantales manchados de sangre. En el piso se encontraba un cubo plástico lleno de sangre lo que le dijo que el muchachito había sido desangrado antes de ser troceado. Sin poder contener las arcadas, el sacerdote subió la escalerilla y salió corriendo del invernadero. Lejos de la casa vomitó una babaza verde porque aún no había comido y tenía el estómago vacío. Enloquecido siguió corriendo hasta sentir que las piernas se negaban a sostenerlo, se dejó caer a la tierra entre gemidos de pena, de dolor, de miedo.

Pasado el tiempo intentó ponerse en pie con intenciones de seguir corriendo y no logró hacerlo, no tenía fuerzas para moverse. Sintiéndose desamparado y derrotado, pidió al Señor que lo iluminara porque él no sabía qué hacer. Cuando lo encontraron ya era pasado el mediodía. Leonor había solicitado ayuda a Ismael porque por primera vez en los casi cinco años, el padre no se había presentado a desayunar, a almorzar y no se lo encontraba por ningún lado. Los hombres que trabajaban con Ismael lo llevaron en hombros de vuelta a la casa. El padre Mauricio ardía en fiebre.

—¿Cómo fue a dar tan lejos de casa? ¿Qué tiene padre? No queremos que le pase nada malo —dijo Ismael visiblemente afligido.

—Creo que algo me cayó mal al estómago, pero les aseguro que pronto estaré bien —balbució acostado en su cama.

—Padre no ha comido en todo el día. Verá que esta sopita caliente le va a caer de maravillas —ofreció Leonor con un plato humeante en las manos.

—No por favor, no me obligues a comer —dijo apartando la mano de Leonor cuando está con una cuchara trató de forzarlo para que abriera la boca.

En ese momento entró Norberto trayendo una jarra de agua y al verlo, el sacerdote cerró los ojos sintiendo que no podía detener las lágrimas mientras el corazón se le desbocaba en el pecho. Oyó a Ismael decir que lo dejaran reposar y mentalmente se lo agradeció porque necesitaba estar solo. Supo que Norberto había salido de la habitación porque desapareció el tufo que ese hombre llevaba impregnado en la ropa, en el pellejo. Ese monstruo lleva encima la peste a muerte, pensó horrorizado y se puso a rezar.

Esa noche no se llevó a cabo la acostumbrada cena y cada uno llevó una debida porción para no desperdiciar los sabrosos platillos preparados por Leonor. Olinda, la dueña de la casa de putas, se ofreció a cuidar al padre el tiempo que Leonor descansara. El sacerdote pasó una noche horrible, agarraba el sueño y volvía a despertarse para escapar de las pesadillas. En uno de esos malos sueños vio abrirse la tapa de la urna mientras él celebraba la misa. En medio de una espesa humarada, el cuerpo momificado del santo se levantó, saltó de la caja y se acercó al altar con los brazos extendidos intentando ahorcarlo. Para defenderse él le arrojó el vino consagrado a la cara. Echando gritos de horror vio que el vino no era vino sino sangre que crecía al extenderse por el piso. Se despertó gritando en el momento que la sangre tocaba la punta de sus sandalias. Cálmese padre, ha tenido una pesadilla, pero ya no tiene fiebre, dijo Olinda poniéndole un vaso de agua en los labios.

Volvió a dormirse y entró en otro mal sueño. Se vio caminado en un sendero que parecía no tener fin. Se detuvo a secarse las gotas de sudor que corrían por su cara y cuello, muerto de cansancio y de sed miró alrededor en busca de un árbol donde protegerse del sol que brillaba incandescente, de algún arroyo y lo único que encontró fue el camino desierto e interminable. Casi a rastras continuó avanzando hasta que en la lejanía divisó una figura que se acercaba. Un hombre montado sobre una yegua ofreció llevarlo a su destino y se encontró con que no sabía dónde se dirigía ni de dónde venía. Suba. Yo recorro varios pueblos y cuando encuentre el suyo, ahí lo dejo, dijo el extraño individuo. El sol fue apagándose lentamente mientras dejaban atrás pueblitos habitados por gente triste y muda. Finalmente, al descubrir una cruz que se levantaba a la distancia, lleno de alegría dijo: Es ahí donde tengo que llegar. Es ahí donde yo voy también, dijo el extraño. Al entrar al pueblo escucharon lamentos, quejas y gritos. Sin demoras se tiró de la yegua y corrió al lugar de donde provenían los gemidos. Con horror descubrió que salían de las gargantas de niños a los que les faltaban piernas, brazos, ojos, cabezas. Abrió los ojos sobresaltado y esta vez se encontró con Leonor remeciéndolo para que despertara.

A pesar de apenas haber dormido un par de horas sintió que había recuperado las fuerzas y pudo levantarse. Le cayó bien el agua tibia de la bañera y empezó el día decidido a enfrentar a Norberto. Pretextando estar todavía delicado, el padre Mauricio desayunó café sin leche y un pedazo de pan, para el almuerzo comió frutas y legumbres. Después de haber visto al muchachito pedaceado, no se creía capaz de volver a probar carne el tiempo que le quedara de vida. Le costaba tener que hablar con Norberto, pero llenándose de valor, antes de la siesta, pidió al hombre que se le uniera en la oficina. Mentalmente se encomendó a Señor.

—Toma asiento —pidió pasando el pestillo de la puerta para asegurarse de que Leonor no fuera a interrumpirlos—. No te asustes, levanta la cabeza y mírame a los ojos. Hijo quiero que sepas que no estoy aquí para juzgarte sino para ayudarte a conseguir el perdón y la salvación de tu alma. Delante de la imagen de nuestro Señor Jesucristo dime ¿por qué has matado a un inocente? Ayer he visto a ese pobre muchacho hecho pedazos en ese horrible cuarto —dijo con toda la calma de la que fue capaz.

—Padre tenía que hacerlo, tengo que hacerlo —dijo el hombre echándose a los pies del sacerdote. Agarrado a la sotana del cura empezó a llorar con un llanto desgarrador e incontrolable.

—Cálmate hijo y explícame qué quieres decir. ¿Acaso escuchas la voz de algún demonio que te ordena hacerlo? —preguntó ayudándolo a levantarse del piso. Lo obligó a tomar asiento, arrastró otra silla y se sentó frente a él.

—Padre voy a contarle todo desde el mismo comienzo. Voy a decirle todo porque necesito sacarme este veneno del pecho. Ya no puedo seguir así, ya no puedo más padre —dijo limpiándose las lágrimas con el dorso de la mano. El cura le alcanzó el mantelito que cubría un copón vacío y se aprestó a escuchar la confesión del asesino.

—Yo tenía doce años cuando el padre Hanibal llegó a Edencito. Mi mamá me llevó con él pidiendo que me recibiera como ayudante en la iglesia y también en la casa. Éramos requeté pobres y por ser el mayor de los diez muchachos fui el escogido para ser regalado igual que se regala a un perro. El padre Hanibal me trató bien, me dio de comer, me enseñó a rezar, a leer, a escribir y como todos en el pueblo comencé a quererlo. Me sentía el muchacho más feliz del mundo cuando él me abrazaba y me decía que yo era su favorito. Aquella noche que el padre entró a mi cuarto, que se acostó a mi lado, que me sacó los pantaloncillos, que me acarició, que me voltio de espaldas y me hizo eso tan feo, sentí que dejaba de quererlo. Gritando y llorando de vergüenza y dolor le pregunté por qué me había hecho daño si decía amarme, por qué había hecho eso que era pecado y el respondió: Mi niño, lo hice porque te amo y eso es lo que hacen dos personas que se aman.

Mi niño, eso no es pecado porque como dijo el apóstol Juan: "Cualquiera que es nacido de Dios, no hace pecado, porque su simiente está en él y no puede pecar, porque es nacido de Dios". Yo no entendía nada, pero cuando me abrazó y me besó pensé que era un llorón desagradecido, que por fin alguien me quería y era una bendición de Dios tener el amor de aquel hombre tan bueno. Mi niño, mi amor, nadie puede saber de esto. La gente es envidiosa y pueden matarte si saben que yo te amo así, me dijo mientras me acariciaba y yo se lo creí. Seguí creyéndolo aun después de verlo hacer lo mismo con otros muchachos —confesó Norberto bajando la cabeza.

—Si no te sientes capaz de seguir hablando podemos dejarlo para después —dijo el sacerdote sin atreverse a tocarlo a pesar de sentir que Norberto necesitaba ser consolado. Le ofreció un vaso con agua.

—Tengo que llegar al final— dijo el hombre tomando unos sorbos de agua—. Juntos, el padre y yo, recorrimos muchos pueblos en busca de matas que él decía eran sagradas, que podían dar la vida, la muerte y también la vida después de la muerte. Yerbas como la verdolaga y la alfalfa que nosotros las echábamos a los animales, él las mezclaba en su propia comida. Pero esos viajes por otros pueblos no sólo servían para recoger yerbas sino para que yo me fijara en los muchachos que andaban solos por los caminos. Míralos bien, mira que nadie los siga. Mira que los chicos tengan cinco como mínimo y doce como mucho. Son los mejores, están en su punto, me decía y yo no comprendía para qué tenía que seguirlos o por qué estaban en su punto. Un día se lo pregunté y su respuesta fue: Pronto lo vas a saber. A los meses de haber llegado al pueblo pidió la ayuda de los vecinos para construir el plantero donde comenzó a cuidar todas esas yerbas raras y poco después, entre los dos, cavamos y apuntalamos el escondite bajo los yerbajos. Entonces supe por qué tenía que viajar a los otros pueblos y fijarme en los chiquillos que andaban solos. Entendí porque no podían ser los niños de Edencito. El primer chico que traje conmigo en la grupa de mi yegua fue el que más dolor me causó, luego se me hizo una costumbre. Me volví un avezado engañando y robando muchachos para complacer a mi amado señor. Como le dije el primero me dolió horriblemente. Era un chamaco de unos nueve años al que convencí con el cuento de que me ayudara a recoger aguacates para venderlos en la ciudad. Por cinco monedas el muchachito contento subió a mi yegua y lo traje a casa. Como ordenó el padre lo mantuve ocupado recogiendo los aguacates hasta que cayera la noche. Cuando se hizo oscuro el padre llegó y dijo: Niño necesitas una cura porque el diablo anda tras de ti. Ven conmigo. Y tú, bajas cuando te llame para que me ayudes. Se llevó al niño al cuarto escondido bajo el plantero y yo me quedé arriba escuchando como el muchachito gritaba. No hice nada para ayudarlo porque el padre me había dicho que la salida de los demonios del cuerpo de la gente causaba mucho dolor, no me pasó por la cabeza pensar que estaba haciendo lo mismo que hizo conmigo. Después de un rato el padre me llamó, bajé y encontré al muchacho acostado en la mesa completamente desnudo. Tenía el pelo lleno de yerbas, el cuerpo apaleado y apestaba porque se había meado y cagado. El padre dijo que se había dormido al oler esa yerba llamada la dormidera, pero estaba muerto. Entonces yo empecé a dar gritos cuando el padre le metió una aguja enorme y empezó a sacarle la sangre y recogerla en el cubo. Quise salir corriendo, pero mis pies no se movieron del piso. Hay que limpiarlo por dentro para que tarde en podrirse, dijo y con el cuchillo con que se mataba a los puercos le abrió la panza, le sacó las tripas, los bofes, todas las menudencias y luego empezó a rebanarlo en trozos. Me desmayé y cuando abrí los ojos estaba acostado en mi cuarto. Pensé que había tenido una pesadilla, miré la luz del sol entrando por la ventana y le di gracias a Dios porque lo que había visto no era verdad. Pero si era verdad y lo que me esperaba era espantoso. Vamos a comer dormilón, debes estar muerto de hambre. Te vas a chupar los dedos con todo lo que he preparado especialmente para ti, dijo el padre ayudándome a levantar, me metió en su tina y me bañó como si yo fuera un crío. Me besó, dijo que me amaba y yo no me atreví a preguntar por lo que había pasado la noche anterior. Verdaderamente la comida estaba sabrosa, la carne suave y jugosa, las tripitas asadas y adobadas con culantrillo y ajo, una delicia. Comí saboreando cada bocado mientras él devoraba los riñoncitos en vino que eran su platillo favorito. Cada que podamos, una vez cada mes o dos, vamos a darnos este banquete. ¿Ves que es cierto lo que te dije, qué los chicos de cinco a doce son los mejores y están en su punto?

—¡Norberto por favor, detente! ¡Es tan macabro lo que me estás contando! —exclamó el padre Mauricio y sin poder contenerse agarró el copón vacío y vomitó todo lo que tenía en el estómago.

—No se apure padre, eso mismo es lo que hice yo cuando supe que estábamos comiéndonos al muchachito. Ya te acostumbrarás y disfrutarás el bendito alimento. El Señor nos convidó a beber su sangre, a comer su cuerpo, porque la sangre y la carne humana son sagradas, dijo puesto de rodillas, dando gracias a Dios. Mira lo mucho que te amo que comparto contigo el goce de mi cuerpo y de mi espíritu y ahora la delicia de mi comida. Recuerda que nadie puede saberlo o esos herejes impíos nos matarán a los dos, repetía muchas veces y yo sólo sabía que ese hombre especial me amaba y debía hacer lo que fuera por hacerlo feliz. Los muchachos que siguieron fueron fáciles de atrapar porque ya no tenía que engañarlos. Todo lo que necesitaba era ponerles en la nariz el trapo con la dormidera y traerlos al invernadero durante la madrugada metidos en una alforja. Poco a poco, con sus enseñanzas, me convertí en un maestro carnicero y en un yerbero también. Las sobras eran para los chanchos y los huesos los llevaba a enterrar en los campos detrás de la arboleda. Cuando cumplí los diecisiete años, el padre me obligó a casarme con la Leonor. Dijo que era conveniente que una mujer viviera con nosotros para evitar las murmuraciones de la gente.

—¿Sabe Leonor de lo que pasa en el sótano?

—No. Ella como todos en Edencito respetaba y amaba al padre Hanibal. Ella jamás lo desobedecería, pero por si acaso el invernadero siempre estuvo cerrado con candado. Si usted pudo entrar fue porque yo quise que viera con sus ojos lo que yo he visto por veintitrés años y supiera toda la verdad.

—Hijo mío, esto que me cuentas es horrible. Nunca más volveré a dormir en paz ni probar carne en mi vida.

—Sólo hemos comido esa carne los últimos viernes de cada mes. Y no toda la carne era de los muchachos, siempre estuvo mezclada con marrano que es la que más se parece a la de gente. Padre le juró que después de que el padre Hanibal murió quise parar de hacerlo, pero es que me acostumbré al olor de la sangre y cada vez que lo hago me siento poderoso. En esos momentos yo soy el dueño de la vida, además tengo que hacerlo porque él me lo pidió. Cuando yo muera no vayas a olvidarme. Sigue haciendo lo que te he enseñado. Hazlo en memoria mía, eso decía hasta que pudo hablar porque al final se quedó mudo, sin poder comer ni moverse.

—¿Tú sabes de qué enfermó? ¿cómo murió? —preguntó el sacerdote recordando que Leonor le había dicho que a los cincuenta y ocho años el santo era fuerte como un toro, que nunca estuvo enfermo, que ni siquiera tuvo una gripe o un dolor de cabeza y, así, de la noche a la mañana ya no pudo tragar. Que los doctores no descubrieron por qué quedó entumecido y mudo en menos de lo que cantaba un gallo.

—Yo lo maté, lo maté con sus propios "matojos sagrados". A diario mezclaba en su vino una porción de la *Bacata adorata,* la que él usaba para entumecer a los muchachos después que los gozaba a su antojo. Les hacía eso feo antes de que yo bajara al sótano para ayudarlo. Después de obligarme a casar con la pobrecita de Leonor, lo hacía frente a mí sin importarle mi sufrimiento. Quiero librarte del pecado. Yo ya no puedo tocarte porque ahora tu cuerpo pertenece a Leonor. No estés triste, yo te sigo amando igual. Mentía, me tenía para ayudarlo con sus porquerías, mi cuerpo ya no le servía porque no era tierno y no estaba en mi punto. Por eso lo maté, por mentiroso, por decir que me amaba y hacer con los otros lo que yo pensaba debía hacer sólo conmigo. No me daba pena verlo llorar sin poder hablar, me contentaba verlo sufrir y cuando nos quedábamos solos le decía: Tú me enseñaste como usar esos "matojos sagrados" y con ellos te estoy matando lentito para que sufras. ¿Si eres un santo como dice todo el mundo por qué no te haces un milagro para ti mismo y te salvas del infierno? Leonor dijo que murió tranquilo, pero no fue verdad porque yo veía en sus ojos el terror que tenía de morir.

—¿Hiciste algo para que no se pudriera?

—Si, lo hice por la gente del pueblo. Ellos no tenían culpa y necesitaban creer. Hice lo mismo que él hacía para que los animalitos que tiene ahí en ese anaquel no se pudrieran. Igual que esas ranas y esas lagartijas lo vacié por dentro, lo rocié con esos aceites sacados de los "matojos sagrados" y lo encerré en esa caja de vidrio para que el aire no lo dañara como él hacía con esos animales. Eso es todo padre. Por favor guarde este secreto. La gente es buena, es inocente y sufrirá si se entera que él no era un santo sino un chupetero, un come niño, un asqueroso marrano.

—Norberto, comprendo tu angustia, tu rabia, tu frustración y tus ganas de venganza. Fuiste víctima de un hombre deshonesto y corrupto, pero eso no te absuelve de la culpa. Ahora depende de ti redimirte, buscar la salvación y el perdón de Dios.

—Lo sé padre, usted puede decirme: ve en paz, pero los dos sabemos que ya nunca más habrá paz en mi alma. Me siento miserable, lo peor de lo peor, pero no estoy arrepentido. Volvería a matarlo las veces que fuera necesario y si me arrepiento es de no haberlo cortado en pedazos. Padre, no me pida que vaya a la iglesia a rezar y pedir por mi alma, ahí están los restos de ese cerdo y no puedo soportar ver a ese hombre que amé y odié con toda mi alma.

—Hijo mío te comprendo perfectamente. Solo me queda repetir las palabras que Nuestro Señor dijo a la pecadora: "Ni yo te condeno: vete, y no peques más".

Desde ese día la tristeza se instaló en el alma del padre Mauricio. Le hubiera gustado escapar de Edencito, pedir un traspaso a otro lugar, pero sería una cobardía abandonar a su suerte a esa pobre gente que había sido engañada. Si estaba en ese lugar era porque Dios lo había escogido para cumplir una misión, para ayudar a una pobre alma que pedía y necesitaba ser reconfortada. No le debía a Norberto el sagrado secreto de la confesión, pero bien sabía que no podría delatar a un hombre torturado que había puesto su confianza en él. Y, en cualquier caso, al delatar los crímenes cometidos por Norberto tendría que revelar las atrocidades cometidas por el santo, poner en evidencia la gran farsa creada por una mala persona y con ello destruir la fe de la gente.

Desde aquel horrible día el sacerdote eliminó la carne de la dieta y utilizando los problemas estomacales como pretexto, canceló las cenas del último viernes con

Ismael y los vecinos. Así pasaron cuatro semanas. Semanas en las que el padre Mauricio apenas si podía dormir por estar al pendiente de las actividades nocturnas de Norberto. Al menor ruido salía disparado al patio temeroso de encontrar que el pobre pecador había regresado al invernadero. Leonor apenas sabía leer y garabatear su nombre, pero era tremendamente intuitiva. Sospechaba que algo había pasado aquel día que lo encontraron desmayado, algo con lo que su marido tenía que ver y como no sabía cómo disimular se lo preguntó:

—Padre ¿qué hizo Norberto? Sé que hizo algo malo y por eso usted estuvo hablando con él tanto tiempo encerrado en su oficina. Usted sabe que él es una tumba y no me lo quiere decir.

—Leonor déjalo en paz. Lo que debes hacer es aprender a respetar el silencio de los demás. Para saciar tu curiosidad te cuento que lo llamé a la oficina porque estaba y sigo preocupado por su salud. Es fácil ver que el pobre está enfermo o ¿acaso no te has dado cuenta? Cada día está más callado, más desanimado y hasta ha dejado de bañarse —respondió el sacerdote y no mentía, Norberto realmente estaba gravemente enfermo.

En las mañanas en vez de dedicarse a leer los libros litúrgicos o escribir sermones el padre Mauricio ayudaba a Norberto con la faena del campo. Mientras recogían la siembra, alimentaban a los animales o limpiaban los corrales, el sacerdote le relataba episodios de la vida de Jesús y sus milagros, le explicaba diversas parábolas encontradas en los evangelios con el fin de mostrarle la infinita misericordia y amor del Señor.

—A veces pensamos que todo ha terminado para nosotros, pero no es así, el Señor siempre está a nuestro lado para ayudarnos en los momentos más difíciles. Cuando creemos que ya no hay salvación, todo lo que tenemos que hacer es encomendarnos a Dios y nacer de nuevo, así como Jesús dijo al príncipe judío Nicodemo. Ya sé, no entendemos sus palabras e igual que

Nicodemo queremos preguntar: ¿Cómo puede el hombre nacer siendo viejo? ¿Puede entrar otra vez al vientre de su madre y nacer? Jesús, conociendo que el príncipe dudaba de su palabra le dijo: "Y así como Moisés levantó la serpiente en el desierto, así es necesario que el Hijo del hombre sea levantado. Para que todo aquel que en él creyera no se pierda, sino que tenga vida eterna". Norberto tenemos que creer que podemos ser salvados, creer en su Palabra, nacer a una nueva vida donde dejemos atrás las cosas malas, donde olvidemos rencores y todo lo que nos causa dolor y amargura.

Norberto continuaba con la faena sin responder, pero el sacerdote sabía que estaba escuchándolo y volvía al ataque una y otra vez. Norberto estaba enfermo y la medicina que necesitaba era la fe. Para ayudarlo le contaba pasajes encontrado en los evangelios.

—El oficial romano había oído hablar de los milagros que hacía este hombre llamado Jesús y mandó a buscarlo para que librase a su siervo. Estando Jesús ya cerca de la casa, el centurión, movido por la fe, envió amigos para decirle: "Señor no te incomodes, que no soy digno que entres bajo mi tejado, más di la palabra y mi siervo será sano". Vueltos a casa los que habían sido enviados, hallaron sano al siervo que había estado enfermo.

—Un día Jesús salía de su barco cuando de lejos un hombre lo vio y corriendo se le acercó. La gente decía que el infeliz, hediondo y loco estaba poseído por un mal espíritu y nadie lo podía controlar. Decía la gente que el loco andaba dando voces en los montes, lastimándose con las piedras. Jesús al verlo acercarse le preguntó cómo se llamaba. Legión me llamo, porque somos muchos, respondió el infeliz. Sal de este hombre, espíritu inmundo, ordenó el Señor. Los espíritus malignos salieron del hombre y entraron en los puercos que comían cerca. Los cerdos cayeron por un despeñadero en la mar y ahí se ahogaron. El hombre que había tenido la legión de demonios cobró el juicio, quedó limpio y sano.

Al pasar de los días el padre Mauricio creyó ver que la angustia desaparecía de los ojos del hombre y se sintió contento cuando descubrió una sonrisa en sus labios. El sacerdote pensó que finalmente el tiempo de curación había empezado para los dos cuando sucedió el siniestro.

Eran aproximadamente las tres de la mañana cuando el estruendo de lo que parecía un trueno lo despertó. El sacerdote se santiguó y sin tiempo que perder salió corriendo al patio. Fuera encontró el invernadero envuelto en llamas, a Leonor llamando desesperada al marido, a los animales chillando como enloquecidos. Atraídos por el fuego y el alboroto, los vecinos fueron llegando y con tarros y mates ayudaron a controlar el incendio antes de que se propagara entre los árboles. Al medio día sólo quedaron palos humeantes y cenizas de lo que había sido el invernadero.

—Norberto, Norberto —llamaba Leonor al ver que el marido no aparecía por ningún lado.

—Norberto debe estar en el pueblo recogiendo las provisiones como hace todos los meses —la consolaba Corina, cuando de pronto escucharon los gritos de un vecino con una cabeza entre las manos.

—Estaba a la entrada del plantero y con el revolú no la habíamos visto.

—¡Dios santo! ¿Cómo llegó hasta aquí la cabeza del padre Hanibal! —preguntó Ismael.

—Algún desgraciado robó su cuerpo de la iglesia y vino a quemarlo aquí —dijo otro vecino y el padre Mauricio supo lo que había sucedido. El incendio había sido provocado por Norberto. Su enfermedad era más grave de lo que había imaginado y aquella sonrisa que había descubierto en sus labios no era el comienzo de la curación sino un síntoma de su desvarío. Angustiado el sacerdote miró el lugar donde se encontraba la entrada al sótano y exhalando un respiro de alivio, comprobó que estaba cubierta de palos, vidrios y tierra.

—¡Milagro, milagro! ¡Todo se ha quemado y sólo la cabeza de nuestro santo se ha salvado! —exclamó Olinda, puesta de rodillas.

—Si, esto es un milagro. Vamos a la iglesia a dar gracias a nuestro amado padre Hanibal —dijo Corina transfigurada por la emoción.

—Padre venga con nosotros, vamos a alabar al Señor por este portento —pidió Ismael.

Al sacerdote no le quedó más remedio que encabezar la procesión con Ismael a su lado llevando la cabeza del santo. En el camino se fueron uniendo más personas atraídas por los himnos de gloria y alabanza que a voces cantaban los fieles. Todos iban de lo más contentos y orgullosos de ser parte del cortejo que llevaba la santa cabeza de vuelta a su casa cuando descubrieron manchas de sangre sobre la tierra que se iban agrandando medida que se acercaban a la iglesia.

—¿Dios mío de dónde salió esta sangre? —preguntó Ismael deteniendo la procesión—. Será mejor que el padre Mauricio y yo nos adelantemos porque esto me da mala espina.

—Esto parece obra del demonio —dijo Corina.

—Por favor, hermanos, tranquilicémonos. Ismael y yo vamos a entrar, pondremos la cabeza junto al resto del cuerpo y entonces celebraremos la santa misa —dijo el sacerdote sintiendo que el miedo a encontrar a Norberto degollado o algo más terrible lo tenía a punto de un infarto.

Los dos hombres, llevando la cabeza, entraron y siguiendo el rastro de la sangre, llegaron hasta la urna. Dentro encontraron el cuerpo de un cerdo abierto a todo lo largo, con el tripero fuera del cuerpo y sin la cabeza.

—El que hizo esto debe ser un loco, un maldito hijo de Lucifer. Dejemos la cabeza del padre Hanibal en el altar hasta limpiar todo esto —dijo Ismael enfurecido.

—Llevemos el cerdo al cuarto detrás del altar —pidió el sacerdote para evitar que los fieles atestiguaran el horrible acto cometido dentro del sagrado recinto.

A las seis de la tarde, el padre Mauricio celebró la misa delante de la cabeza del santo mientras mentalmente oraba por la salvación del alma de Norberto. Después de dar la bendición a los presentes, se unió a Ismael y Corina. Como favor especial pidió que esa noche hospedaran en su casa a Leonor, que no cesaba de llorar.

Tan pronto como pudo el padre cerró la iglesia y fue a casa donde lo esperaba una dolorosa faena. Con una pala removió palos carbonizados, vidrios rotos y tarros retorcidos, levantó la portezuela a medio quemar y bajó, uno a uno, los peldaños de la escalera. Con el corazón a punto de estallarle en el pecho llegó al último escalón presintiendo lo que iba a encontrar. Sobre la rústica mesa de madera estaba el cuerpo desnudo de Norberto y junto a él los restos secos, agrietados y nauseabundos del santo a los que les faltaban el pene y los testículos, y que llevaba como cabeza la que le faltaba al cerdo.

Conmovido ante la grotesca y dolorosa visión se echó a llorar y puesto de rodillas rezó un Padrenuestro. Por largo rato contempló la escena pensando en el horror que vivió un hombre por culpa de otro hombre. Con asco miró el cuerpo con los genitales cercenados y cabeza de marrano. Imaginó los hechos. Seguramente Norberto había puesto a dormir al cerdo para que no chillara y, dentro de un costal, lo llevó hasta la iglesia. Ahí sacó los restos del santo de la urna y en su lugar puso al cerdo, lo descabezó y le abrió la panza dejando que brotaran las tripas. Metió los restos del santo junto con la cabeza del marrano en el costal vacío y a cuestas los llevó hasta el invernadero. En el invernadero bajó la escalerilla hasta el sótano, acostó el cuerpo seco del santo sobre la mesa de sacrificios, le cortó el pene, los huevos y de un hachazo le voló la cabeza. Reemplazó la cabeza del santo con la cabeza del cerdo y subió llevando las partes cercenadas. Dejó la cabeza del santo fuera del invernadero para que la gente la encontrara y la llevara de vuelta a la iglesia y la colocara en el lugar donde pertenecía: sobre el cuerpo de un asqueroso marrano. Seguramente se dirigió a las porquerizas y lanzó el pene y los huevos al fango donde retozaban los animales. Entró una vez más al invernadero, regó el querosén, tiró el cerillo encendido, bajó la escalerilla, cerró la tapa del hueco, se acostó junto al amado y odiado cuerpo y esperó que las llamas hicieran el resto.

Luego de examinar el cuerpo de Norberto y no encontrar heridas auto provocadas, el sacerdote supuso que el hombre había muerto asfixiado por el humo. Fue a casa y regresó con lo necesario para darle sepultura. Con una manta cubrió la desnudez de Norberto, ungió su cuerpo con los santos óleos y lo enterró en el hueco que con una pala abrió en el piso de tierra.

Eran las ocho de la mañana cuando la comitiva dirigida por Ismael encontró al cura derrumbado sobre la mesa de la cocina. Toda la noche la había dedicado a sellar el sótano con tierra y piedras para que nadie sospechara siquiera la macabra escena de horror que se había llevado a cabo en ese lugar.

—Padre Mauricio queremos que empiece con las solicitudes pidiendo la canonización de nuestro santo. Faltan sólo dos meses para el quinto aniversario de su muerte y ahora con este último milagro ya nadie puede dudar de su santidad —dijo Ismael lleno de gozo.

—Por supuesto Ismael. Los acontecimientos que vivimos ayer y la falta de sueño me tienen agotado, pero prometo que tan pronto me recupere empezaré con los trámites —dijo el padre tratando de parecer tranquilo.

—¿Ya regresó Norberto? —preguntó Corina.

—Es mejor que esperemos unos días más —respondió el cura por decir algo.

—Norberto nunca se quedó en otro pueblo más de un día —dijo Leonor llorando y ya nadie más hizo un comentario.

Pasaron los días. No se volvió a preguntar por Norberto en público, todos sospecharon que él había sido el loco hereje que profanó y se robó el santo cuerpo que luego había quemado. Avergonzada, Leonor no se atrevía a pronunciar su nombre. Solamente lo hacía delante del sacerdote, en voz alta preguntaba: ¿Por qué padre, por qué? Y el padre Mauricio bajaba la cabeza y callaba.

Como había prometido, el sacerdote llenó los debidos documentos requeridos por la Santa Sede solicitando la canonización oficial del padre Hanibal. Aprovechando que a causa del tiempo los certificados de nacimiento, así como los de bautizo y de ordenación del cura estaban borrosos y que la gente del pueblo no conocía palabras sofisticadas, se tomó el atrevimiento de alterar cierto dato del siervo del Señor. No lo hizo como venganza sino para hacer justicia. Más que nada, y pidiendo que el Señor lo perdonara, lo hizo con mucho placer. En lugar de poner Pedro Afilio que eran los nombres de pila del santo, en todos los documentos escribió a máquina y en letras de molde: PEDOFILIO. PEDOFILIO HANIBAL.

## SELVA METÁLICA

*Somos lobos, que son perros salvajes,*
*y este es nuestro lugar en la ciudad*
MARKUS ZUSAK

Las bestias olfatean en el aire para descubrir a las víctimas más débiles, eso decía mi padre y yo ingenuamente creía que se refería a los animales en la selva. A la fuerza, con dolor y sangre tuve que dejar de lado la pendejada para comprender que el mundo era un lugar peligroso lleno de depredadores disfrazados de hombres.

Corría el año 1980 cuando Fabiola y yo llegamos a Nueva York de paseo por quince días. Las dos habíamos empezado a estudiar comunicaciones en la universidad y en los días libres trabajábamos en una agencia turística para poder reunir algún dinero y viajar a "la Gran Manzana" como se llamaba a Nueva York. Faby y yo salimos a dar nuestro primer paseo. Lucy, la tía de Faby, en cuya casa nos alojábamos, nos recomendó tener cuidado: Un par de chicas jóvenes y simpáticas corren peligro por esas calles neoyorquinas, puede atraer la atención de toda clase de indeseables. Chicas, váyanse con los ojos bien abiertos. Tomamos el tren R en Court Street, que estaba a pocas cuadras de la casa, para en una sola parada llegar a Whitehall Street. Teníamos planes de visitar el distrito financiero, tomarnos fotos con el famoso toro de Wall Street y, como nos aconsejara la tía de Faby, cruzar hasta Staten Island en el ferry. Nos entusiasmaba ver, desde el barco, la silueta de Manhattan, sus rascacielos, las llamadas Torres Gemelas del World Trade Center, y en el camino la estatua de la Libertad. Faby y yo reíamos imaginando ver esto y aquello mientras esperábamos por el arribo del tren. Las dos coincidimos en opinar que las estaciones subterráneas eran deprimentes y más desolador ver esas ratas enormes y gordas que correteaban por los rieles. Y eso que todavía no conocíamos lo que significaba viajar con cientos de personas en un mismo vagón. Eran las diez de la mañana y muy pocos esperábamos en la plataforma. De repente vimos aparecer la mole mecánica que era el tren. Yo, aterrada, temblando de pies a cabeza, di varios pasos hacia atrás creyendo que el ruidoso monstruo me arrastraría en su loca carrera. El tren se detuvo, se abrieron las puertas y Faby tuvo que agarrarme por un brazo para obligarme a entrar.

En aquel vagón que creímos vacío entramos las dos. Nos sentamos y las puertas se cerraron. No muy lejos, junto a la puerta que conectaba con el siguiente vagón, descubrimos que iba un hombre. Era hispano, de unos cuarenta años, de estatura mediana, tez morena, pelo negro, liso y grasiento. El bigote poblado y el sombrero le daban un aire a Luis Aguilar en la película *Juan sin miedo*. Definitivamente era mexicano. El tipo nos miró y sonrió. Las dos desviamos la vista y él comenzó a silbar y sisear tratando de llamar nuestra atención. Ninguna de las dos respondimos y empezamos a hablar de cualquier cosa tratando de ignorarlo. Hagámonos las desentendidas y sigamos conversando, dije bajito mientras sacaba del bolso el mapa del tren subterráneo para mostrarle al tipo que no nos interesaba su presencia. Tan pronto se abran las puertas nos salimos volando de aquí, dijo Faby nerviosa. El tipo se levantó y balanceando el cuerpo se acercó a nosotras. Órale cabronas, hoy están de suerte. Van a saber lo que es bueno, dijo entre carcajadas sacando una navaja. Sentí que me faltaba el aire, debajo del mapa tomé una mano de Faby que parecía a punto de desmayarse. Con los ojos busqué, sin encontrar nada, algo que nos ayudara a defendernos. Faby casi sin voz dijo: Ayúdanos Dios mío.

El tren corría produciendo un ruido espantoso al deslizarse sobre los rieles. Según el mapa, en ese momento, el tren atravesaba el largo tramo bajo el East River, de Brooklyn a Manhattan. El tren corría, pero parecía no avanzar y el tiempo se detuvo. El hombre se paró a sólo pasos de nosotras, tanto que podíamos percibir el olor mugroso de su cuerpo. Blandiendo la navaja dijo: sepárense chamaconas, se van sacando los calzones y me muestran los traseros. No hicimos caso a sus palabras, yo intenté darle un puntapié. Tranquila güerita, dijo refiriéndose a mi pelo teñido de rubio y para mostrarnos que era él el que daba las órdenes me dio un tajo en el brazo. Sintiendo un dolor horrible y viendo mi blusa teñirse de sangre empecé a bajarme los calzones bajo la falda. Faby hizo lo mismo. Me hacen caso y les prometo que las trataré con cariño. Déjame ver tus tetas, dijo a Faby rasgándole la blusa y el sujetador con la navaja. ¡Mira nomás que tetotas tienes chaparrita! exclamó mientras se bajaba el cierre del pantalón y dejaba libre el pene.

Así mijas, se agachan y se me ponen en cuatro para que yo pueda ver mejor esos culos, dijo resoplando como una bestia mientras se masturbaba. Terminó y recogió el semen en un pañuelo que sacó de un bolsillo de la camisa. Quisiera verlas lamiendo mi leche, pero no hay tiempo, dijo y se subió el cierre del pantalón. Sólo segundos después el tren se detuvo y las puertas se abrieron. Adiós chingonas, dijo guardando la navaja y salió corriendo, perdiéndose en medio de la multitud que esperaba por el tren.

Varias personas entraron al vagón y al vernos medio desnudas y yo sangrando echaron el grito. *What the fuck happened here!* Exclamó un joven en inglés y otro se paró en una puerta evitando que ésta se cerrara. Una señora que había entrado al vagón volvió a salir pidiendo ayuda: *Help! Help!*

Llegaron dos policías, el conductor del tren y también muchos curiosos atraídos por el alboroto. Un joven ofreció su chaqueta para cubrir los pechos desnudos de Faby. Uno de los oficiales de la policía me amarró una venda en el brazo y contactó al hospital pidiendo una ambulancia. El conductor del tren nos señaló una manigueta roja en una esquina y nos explicó que, en caso de emergencia, podía jalarse logrando que el tren se detuviera. El otro oficial de la policía nos interrogó y pidió datos sobre el asaltante. El tipo nunca nos tocó y de esta manera no había dejado huellas de su presencia en nuestros cuerpos tampoco en los agarra manos del tren. El bestia era taimado y sabía cómo cometer sus fechorías sin dejar rastros. Sin vestigios sería difícil identificarlo y localizarlo.

Llegaron los paramédicos, curaron mi herida y nos trasladaron al hospital en camillas. Al salir del tren me di cuenta de un letrero que estaba a un lado de la puerta. Leí el mensaje que más bien parecía una broma pesada: La seguridad en los trenes es nuestra prioridad.

## UN CASO DE FRÍVOLA INCONCIENCIA

*Indiferencia y negligencia a menudo hacen más daño que mostrar aversión sin reservas.*
J. K. ROWLING

Adela llamó a la peluquería e hizo una cita para el día siguiente.

—La quiero a las seis de la tarde y con Dino. No señorita, tiene que ser con él, con Dino y con ninguna otra persona. Dino es el único que sabe qué hacer con mi pelo —dijo molesta y sin hacer concesiones dio la conversación por terminada.

Adela estaba acostumbrada a tratar sus asuntos desapasionadamente. Trabajaba en el departamento de reclamaciones y demandas en una corte civil y, con los años, ese trabajo había logrado no sólo agriarle el genio y acabar con la poca paciencia que siempre tuvo sino a menospreciar a la gente, a considerarla retardada mental, pendeja y falta de sentido común.

De nueve de la mañana a las tres de la tarde tiene que escuchar las mismas quejas, la misma sarta de cuentos, enredos y miserias con diferentes palabras. Al comienzo los lloriqueos de mujeres y viejos lograban conmoverla, pero quince años más tarde, lagrimones y pataletas la sacaban de quicio y si no fuera porque el abuso verbal y físico iban contra las leyes, con todo gusto los sacaba a patadas de la sala por necios y brutos. Con el tiempo, Adela ha clasificado las demandas por categorías para así simplificar su trabajo: "Mujeres abusadas", "Pagos de manutención", "Custodia para hijos maltratados", "Matrimonios y estadía legal", "Líos de homosexuales y lesbianas", "Parientes pedófilos", "Pornografía electrónica", "Menores de edad descarriados y perversos", "Promociones a cambio de favores sexuales" y finalmente una que llamaba "Misceláneos", donde recopilaba quejas, reclamos y disputas de herencias, de estafas, robos de chucherías, líos entre brujos, chamanes y babalaos, casos de perros y caballos sodomizados, tomaduras de pelos y otras boberías.

Como todos los días, Adela se acomodó frente al ordenador, se coló los lentes y se preparó a escuchar las broncas del día, las majaderías y pendejadas que la gente demandaba solucionar porque no había de otra. Estaba segura de que si hubiera sido posible hacer justicia por la propia mano medio mundo estaría tuerto, cojo, apuñeteado, o agujereado. Los hospitales no darían abasto y en los cementerios los patitiesos tendrían que hacer cola.

Mi marido me dejó por una puta rastrera y ahora no me pasa ni para la leche de los nenes, se quejó una mujer y cuando Adela pidió por los datos del marido, la demandante preguntó: ¿Cuál de ellos? Porque ninguno de los tres da para nada. El próximo en la fila era un hombre exigiendo una orden de restricción y el pago del televisor que la loca de su mujer había hecho pedazos con una sierra eléctrica para que él no volviera a ver un partido de fútbol nunca más en su reputa vida. La siguiente era una mujer pidiendo que la vecina fuera detenida por puta, por tomar el sol y nadar en la alberca de su casa totalmente desnuda. La zorra busca que mi marido la vea y claro él que es muy macho se excita y se hace la puñeta frente a la ventana, dijo la demandante jalándose los pelos. A Adela le importaban una paja los reclamos de la gente, pero en esta ocasión, al escuchar el comentario de la mujer, no pudo contenerse y con ganas de partirle en dos el melón que tenía como cabeza le sugirió: Señora, usted debería hacer lo mismo. Se encuera, va a solearse en su alberca y si no la tiene le presta la de la vecina, y así el "muy macho" de su marido se pajea, o, mejor dicho, se masturba por usted. Las quejas seguían y seguían y como no podían faltar se presentaron los casos de infertilidad y el de las parejas homosexuales que deseaban tener hijos. Una mujer se quejó de haber pagado veinte mil dólares a su hermana para que le prestara el vientre: La sinvergüenza luego de preñarse con el semen de mi esposo quiere quedarse no sólo con la criatura sino con mi marido. Otra mujer denunció a su esposo por fraude y actuar con premeditación y alevosía. La demandante había pagado treinta mil para que un extraño donara la esperma y descubrió que el hombre no era ningún extraño sino el marido de su marido. Luego los maricones exigían quedarse con el muchachito. Un venado mentalmente tullido llegó con un cuento ridículo: Mi mujer me engañó. Yo no soy leche aguada como ella me acusaba por no preñarla. Descubrí que usaba pastillas, todo era puro teatro. Lo que quería era quitarme ese dinero que cobró el amante que dizque serviría como donante. No me importa haber perdido esa plata, me duele y me encabrona saber que la inseminación no fue artificial sino machaca que machaca.

Adela miró el gran reloj colocado en la pared frente a su escritorio y comprobó que faltaban diez minutos para la tres cuando escuchó los griteríos histéricos de una mujer. Otra loca de mierda que viene a joder con sus pendejadas, dijo entre dientes viendo como la mujer se enfrentaba al guardia de seguridad que intentaba controlarla y supo que ya no podría salir a tiempo de su trabajo. Personas así de relajonas se creían que todo el mundo estaba obligado a escuchar sus enredos en tiempo ajeno. Antes de hacerla pasar marcó el número de la peluquería para arreglar una nueva cita. La mujer exigía una orden de restricción para el desgraciado maricón que había corrompido a su hijito. Ese maldito hijueputa le ha hecho creer a mi nene que él también es saca-corcho. Le juro que mi hijo es decente, de buenas costumbres y lo que quiere ese mamón infeliz es aprovecharse de la inocencia de mi muchacho, dijo en medio de pataletas, gritos, insultos y mocos. Adela observó detenidamente al delicadito joven de mirada lánguida, cejas depiladas, enfundado en unos pantalones apretados, camiseta pegada al cuerpo, y preguntó: ¿Desde cuándo sabes que eres homosexual? El muchacho temblaba, batía las pestañas y hacía pucheros. De toda la vida. Siempre fui así, yo no tengo la culpa de que me guste la ropa de mujer, que me fascinen los tacones, los pintalabios. Me duele mucho sentir el odio de mi padre, que lo avergüence tener un hijo como yo. Cuando era chico me daba de correazos para que, como él decía, caminara recto y no hiciera quiebres. Tenía doce años cuando me bajó los pantalones y me metió su cosa por detrás diciendo que, si eso era lo que me gustaba, ya lo sabía. Ahora tengo dieciséis y estoy enamorado, quiero a mi hombre. Él nunca me ha forzado, él me ama, él me ayuda a pagar el tratamiento hormonal. No sé porque mami no puede aceptarme como soy. Al escuchar las declaraciones del hijo la mujer cayó al piso con un patatús y Adela pidió al oficial que llamara por una ambulancia.

Por culpa de las mariconadas ahora tengo que esperar hasta el sábado para ir a la peluquería, pensó mientras de mala gana guardaba los datos en el ordenador bajo la categoría: Líos de homosexuales y lesbianas, escribiendo entre comillas "Madre exige orden de restricción para el ofensor y tratamiento sicológico para el perjudicado".

Ese sábado eran las tres de la tarde, estaba terminando de vestirse para acudir a su cita con el peluquero cuando sonó el celular. Era Mónica, su única hermana, la que hablaba al otro lado de la línea: Adela, tienes que ayudarme, Richi acaba de caerse de la bicicleta y se ha roto un brazo. Marcos y yo vamos camino a la clínica. Por favor, ven y quédate con Pili hasta que regresemos a casa. Adela se comprometió con Mónica y tan pronto como pudo se dirigió a casa de su hermana que vivía bastante cerca. Mientras manejaba la camioneta llamó a la peluquería para cancelar la cita una vez más. Esta es la última vez que Mónica me hace esto. Si se dedicó a la paridera ella sabrá cómo responde por los hijos. Yo no tengo por qué dejar mis cosas de lado para cuidar muchachos ajenos, dijo en voz alta para sacarse la roña.

Adela puso la televisión a funcionar, buscó el canal para niños y se sentó junto a Pili a ver uno de esos espectáculos sobre las aventuras de una estúpida esponja. La niña dijo tener hambre y Adela se preguntó qué cosas comería una niña de cinco años. Felizmente Mónica llamó para preguntar por la hija y pudo servirle una porción de pollo con vegetales, puré de papas y un vaso de leche. Respiró aliviada cuando vio llegar a su hermana y a su cuñado trayendo a Richi con el brazo enyesado.

A los cuarenta y seis años, Adela se sentía felizmente soltera y sin compromiso. El primer novio murió en un accidente de tráfico. El segundo, con el que había estado a punto de casarse, tuvo la decencia de confesarle que se había enamorado de otra. El tercero fue un hombre casado, celoso, roñoso y prepotente, que más que satisfacciones le daba dolores de cabeza. En su caso, otras se hubieran considerado fracasadas o desafortunadas. Ella pensaba que sus experiencias fueron desgracias felices porque le costaba mucho dedicarse a otra persona y no necesitaba un pegoste a su lado. Marido e hijos demandaban de energías que ella no estaba dispuesta a gastar. El placer que podía darle un hombre se lo proporcionaba un consolador y con la ventaja de no tener que soportarle reclamos y berrinches.

Ese jueves, 14 de agosto, Adela salió de la corte civil a las cuatro de la tarde para llegar a tiempo a la cita con el peluquero. Adela decidió tomar el tren subterráneo para no tener que fastidiarse buscando donde estacionar el carro. En el vagón iban pocas personas, una hora más tarde, hora en que todo el mundo salía de sus trabajos, irían apretujados como sardinas en lata, chorreando la gota gorda y hediendo a entrepierna sudada. Adela se dedicó a hojear el periódico, no por informarse de las noticias del día sino para no tener que ver a los demás. El intento resultó imposible porque un niño comenzó a berrear a todo pulmón y no le quedó otra que mirar indignada a la mujer que lo llevaba en brazos. En cuanto el tren se detuviera, en la próxima estación, pensaba mudarse al siguiente vagón porque se sentía a punto de agarrar al muchacho por el pescuezo. No pudo hacerlo porque de pronto el tren paró la marcha y las luces se apagaron.

Nadie se alarmó porque a veces había fallas mecánicas o eléctricas que se resolvían en cuestión de segundos, pero esta vez la espera se hizo interminable.

—¿Por qué no anuncian que está pasando? —en medio de la oscuridad completa se escuchó preguntar a un hombre con voz alterada.

—Idiota ¿acaso no sabes que todo funciona con la electricidad? Los comunicadores, los acondicionadores de aire, las rieles, todo —respondió otro hombre.

—Ya bájale el tonito a tu maldita voz o quieres que te rompa la trompa aquí mismo —dijo desafiante el primero.

Adela metió la mano en la cartera y sacó el llavero para defenderse en caso de que algún animal se atreviera a tocarla. Mentalmente ubicó la posición de los dos prietos que había visto sentados en las líneas del lado derecho. Esos son los más salvajes, pensó separando la llave del carro que sería la más efectiva si se armaba el relajo. Los ánimos habían empezado a caldearse y con el calor que comenzó a sentirse sin la ventilación, la cosa se puso de sálvese quien pueda. Todos cabreados empezaron a insultarse, a amenazarse, y en medio de la oscuridad, sin verse, los bestias eran capaces de matarse o de violar a quienes pudieran. Encima de toda la bronca que tenían los dos salvajes, el muchachito, quizás asustado, berreaba con más ganas.

A alguien se le ocurrió encender un mechero y como por acto de magia todos hicieron silencio, inclusive el niño dejó de llorar. Ninguno había abandonado el puesto donde los agarró el apagón y todos sostenían en las manos algo para defenderse. Uno de los prietos fue el primero en reaccionar, se acercó a una mujer mayor y gorda, que respiraba con dificultad, y le regaló su botella de agua. Una mujer se ofreció a sostener al niño mientras la madre descansaba y otra le mojó la carita con un paño húmedo. Una jovencita sopló a un viejo con una revista.

Habían pasado doce largos minutos cuando se abrió la puerta de frente del vagón y uno de los conductores, con linterna en mano, comunicó que el apagón afectaba a toda la ciudad, que tuvieran paciencia, calma, que penosamente no sabía cuándo se restablecería la energía. Luego siguió hasta los vagones restantes para hacer el mismo anuncio.

—¡Oh Dios y si esta interrupción de la energía es causada por los extraterrestres! Yo vi esa película donde esos cabezones se alimentaban de electricidad —dijo un tipo.

—No diga pendejadas. Más probable es que esto sea parte de un ataque terrorista. Hace sólo dos años atrás que esos malditos talibanes tumbaron las dos torres más altas del mundo —dijo el mismo que había dicho: Ya bájale el tonito a tu maldita voz.

—De aquí no salimos vivos, moriremos asfixiados —dijo el otro prieto.

Las mujeres se echaron a llorar y dar gritos, la gorda se puso de rodillas pidiendo la ayuda divina, una jovencita cayó desmayada al piso, el niño que se había quedado dormido volvió a chillar. Adela, por su parte, maldiciendo se dijo que otra vez había perdido la cita en la peluquería.

—No se sabe cuánto tiempo va a durar esto. Hemos decidido evacuar a la gente poco a poco de vagón en vagón. Primero irán los niños y las personas mayores —anunció otro de los conductores ayudando a la madre con el muchachito.

El tren tenía catorce vagones y el proceso de evacuación fue lento. Habían pasado ya una hora y media cuando Adela y sus compañeros de vagón llegaron al frente del tren y bajaron a los rieles para caminar hasta la salida a la calle. El camino fue tortuoso, peligroso y largo.

—Sigan en línea, uno tras del otro. Traten de seguir la luz de mi linterna y mis indicaciones. No pisen los rieles, si regresa la energía moriremos electrocutados. Hay charcos dejados por las lluvias, péguense a la pared para evitarlos. Cuidado con las ratas.

Fuera, el sol de verano todavía alumbraba la ciudad a pesar de ser cerca de las siete de la noche. Con el servicio de transporte público interrumpido miles y miles de personas llenaban las calles. Policías y voluntarios los animaban a regresar a sus casas antes de que las sombras nocturnas les dificultara el camino. Adela se sacó los tacones y sin más alternativas, como otros cientos de personas, se dispuso a cruzar los dos mil metros del puente que la separaban de su casa. Durante el trayecto, la gente unida por el infortunio causado por el apagón, cantaban, compartían el agua, algún bocadillo, se turnaban para cargar a los pequeños o socorrer a los viejos. Mientras tanto Adela pensaba que la gente estaba loca. Horas antes estuvieron a punto de matarse y ahora hacían fiesta de la desgracia. A las nueve de la noche cuando finalmente llegó con los pies destrozados y las ropas pegadas al cuerpo se trancó en su apartamento. No logró dormir en toda la noche escuchando el alboroto de la jauría humana apostada en las esquinas y el chillido de las sirenas de los carros policía.

El servicio eléctrico fue restablecido un día después. Y mientras en el noticiero televisivo discutían sobre las causas, las cuantiosas pérdidas y los terribles daños sufridos por el apagón en toda el área noreste de los Estados Unidos, Adela, sin prestar atención y más bien contrariada, pensaba que tendría que esperar hasta la próxima semana para volver a arreglar una cita con el peluquero.

## YA NO ESTAMOS PARA COMER CUENTOS

*Si un ángel viene a mí,*
*¿qué me prueba que es un ángel?*
*Y si oigo voces,*
*¿qué me prueba que vienen del cielo y no del infierno,*
*o del subconsciente, o de un estado patológico?*
JEAN PAUL SARTRE

Dos forasteros entraron a la cantina preguntando por Abraham Leví. Era sábado día de descanso, y como era costumbre Tulio Poveda y yo estábamos sentados en una de las mesas bebiendo cerveza. Tulio y yo trabajábamos en las haciendas del mentado Abraham y al escuchar su nombre levantamos la cabeza para mirar a los extraños.

—Pueden hablar con esos dos muchachos, ellos trabajan para el hombre que buscan —dijo Piolín Torres, el dueño de la cantina.

Los dos tipos se acercaron. Cada uno jaló una silla y tomó asiento en nuestra mesa. Yo los miré con curiosidad y cierto recelo. No eran muchos los que visitaban este pueblo y los que llegaban generalmente era gente humilde y sencilla que venía de los pueblos cercanos en busca de trabajo. Estos dos no tenían aspecto de jornaleros, todo lo contrario, más bien parecían señoritos de ciudad. Ambos tenían la piel pálida como si nunca hubieran recibido un rayo de sol y vestían ropa de calidad, de esa que el patrón mandaba traer de afuera. Los dos usaban sombrero de ala ancha y gafas oscuras sobre las narices ganchudas como las del viejo Leví. Mi padre decía que al hablar uno debía mirar a los ojos de la gente porque en los ojos se podían leer las intenciones, buenas o malas, que podían tener los demás. "Aquellos que esconden la mirada no son de fiar" escuché su voz mientras en vano trataba de verles los ojos a través de los vidrios opacos que seguramente usaban para protegerse del sol.

—¿Para qué somos buenos? —preguntó Tulio con curiosidad.

—Oímos que preguntaban por nuestro patrón Abraham Leví —dije yo, también curioso.

—No sabemos cómo llegar hasta sus haciendas y nos urge encontrarlo. Pensamos que podíamos hallarlo en esta taberna —dijo el más alto con una voz demasiado suave para ser tan grande. Subió el puño de su camisa para consultar su reloj.

—Señor ésta es una cantina no una taberna —lo corrigió Tulio que era un ignorantón y no sabía que las dos palabras significaban la misma cosa—. Si son amigos de mi patrón tendrían que saber que no puede estar aquí porque él no viene a esta cantina que es sólo para los peones. Debían saber que mi patrón descansa los sábados y son los domingos cuando se encierra en su oficina con los capataces y el leguleyo.

—Tenemos algo importante que discutir con su patrón. ¿Podrían llevarnos a su hacienda? —preguntó el más alto sacando unas cuantas monedas de su bolsa y que Tulio agarró rápidamente.

—Señores deben guardar las carteras, los relojes, los anillos y cualquier otra prenda que lleven. Vestidos así tan pitucos llaman la atención y si se descuidan pueden ser atacados. Le advierto que ni Tulio ni yo nos hacemos responsables —le dije para prevenirlos no sólo de los mañosos que desde las otras mesas ya habían puesto el ojo en el reloj y las cadenas de los fulanos, sino de los asaltadores que abundaban en la región.

—No te preocupes muchacho, nosotros sabemos cuidarnos —dijo el otro dejando relucir tremendo pistolón que llevaba bajo la chaqueta.

Cada uno subió a la grupa de nuestros caballos y nos largamos hacia la hacienda. El tipo que me tocó llevar atrás era el más alto, no sabía porque me molestó su contacto. ¿Sería porque nunca pude verle los ojos, por su tierna voz, o porque su penetrante olor a cebo de cabras disimulado con agua de rosas me resultaba chocante? Lo cierto era que todo el tiempo tuve la sensación de ir pegado a un animal peligroso y que me sentí aliviado cuando finalmente llegamos a "Cananeo" que era como se llamaba la enorme hacienda de mi patrón.

Yo era un niño de doce años cuando Abraham Leví y su mujer Sarita llegaron a la región. Muchas familias teníamos nuestras finquitas en estas tierras que eran fértiles gracias a que estaban rodeadas por dos caudalosas bocas de agua. Poco a poco, de una manera o de otra, Leví fue apoderándose de las propiedades. Sin que nadie pudiera explicarlo, como si una maldición nos hubiera caído, de la noche a la mañana, todos sufrimos alguna desgracia que nos cambió la vida y nos vimos obligados a entregarles las tierras. Las casitas que por años habían resistido vientos y temblores de tierra, se derrumbaban como si en vez de madera fueran hechas de cartón, otras, solitas, agarraban candelas. Las cosechas se podrían, los animales enfermaban de muerte, niños y viejos aparecían flotando en el río.

—Compadres, estamos salados —se quejó Piolín Torres—. Antes de perderlo todo le vendí esas tierras inútiles al viejo Leví. Aunque no es mucho, ese dinero me va a servir para a abrir un negocio y poder medio vivir yo y mi familia —dijo respirando con resignación y fue así como nació "Adiós a las penas", la cantina del pueblo.

—Yo también le vendí mi finquita a Leví. Se la di casi regalada, pero era mejor a seguir gastando en esos animales apestados y enclenques que ya no daban para más. La neta es que nos ha caído la salazón —dijo Vinicio Bustamante, el ahora dueño de la fonda "El chivo verraco". Algo parecido contó Ubaldo Castillo, el dueño de la casa de putas.

Nosotros no cantamos victoria porque también nos tocó el fuetazo. Todavía mi mamá estaba viva y a Rosalinda, mi hermana menor, no la habían desgraciado. Una tarde, mis padres, mi hermana y yo estábamos cenando cuando llegó Leví a proponerle un negocio a mi padre.

—Mi nombre es Abraham Leví, ya usted tiene que haber escuchado hablar de mí y de mi interés por ayudarlos a salir de sus problemas. Señor Ortiz, le estoy ofreciendo una buena cantidad de dinero por sus tierras. Acéptelo, mire que estoy siendo bondadoso con usted.

—Señor Leví lo siento mucho, pero mis terrenos no están de venta. Además, lo que me ofrece es una miseria. El valor de este lugar es veinte veces más alto por estar junto al río.

—Señor Ortiz usted no comprende. Soy un hombre escogido por Dios y mi Dios me ha prometido estas tierras. Usted ni nadie puede hacer nada para impedir que Él cumpla su promesa —dijo desviando la mirada para clavarla fijamente en mí. Sentí que sus ojos me quemaban y empecé a sudar frío.

—Le vuelvo a decir, mis tierras no están de venta —dijo mi padre sin dejarse amedrantar.

—Señor Ortiz le aconsejo que tome este dinero. Veo que tiene una mujer linda, un hijo sano y fuerte y una hija preciosa. Sería penoso que les ocurriera una desgracia —dijo el viejo maldito fijando los ojos, esta vez, en mi hermana. En menos de un mes pasaron dos cosas horribles y mi padre atemorizado y supersticioso se rindió ante las amenazas de Leví y terminó vendiéndole la finca por menos de la miseria que le había ofrecido al principio.

Las únicas propiedades que no pudo conseguir fueron "Las Gomeras". La hacienda era la más grande en toda la región y cosechaba la más grande producción de cacao, café, algodón y maíz, y no sólo eso, sino que de ahí salía la mayor cantidad de leche y carne en la zona. Y a pesar de todos sus chanchullos no pudo conseguirla porque su dueño, don Rigoberto Mendizábal, estaba entroncado con el señor gobernador.

Los campesinos creíamos que si las cosas nos iban mal era porque alguien nos había echado el mal de ojo o nos había puesto un santo boca abajo, pero yo sabía que ese no era el caso y que no estábamos salados como aseguraban Piolín Torres, Vinicio Bustamante y los demás. Yo sabía que eran maldades que el viejo Leví nos hacía porque quería sacarnos del medio y apoderarse de nuestras tierras. La primera calamidad pasó aquel lunes cuando salí de casa para ir a la única escuelita que había en el pueblo. Iba montado en mi caballo cuando dos perros enormes salieron de entre los matorrales, asustaron a la bestia y ésta bufando como enloquecida salió huyendo a todo galope. Yo no pude dominarla a tiempo y fui a dar de trompas al suelo con un diente partido y una pierna rota. Peor le fue a mi madre. La pobre fue asaltada por unos forajidos mientras iba camino a la misa del domingo y no salió con vida.

Mientras le dábamos santa sepultura apareció el maldito Leví con una enorme corona de flores. Al verlo, el padre Panchito Morla, el cura del pueblo, lo saludó todo emocionado y olvidó que estaba orando por el alma de mi madre.

—Hermanos, recibamos a nuestro distinguido vecino Abraham Leví que nos honra con su presencia. El señor Leví es un hombre justo, piadoso, temeroso de Dios y respetuoso a sus leyes. Hemos sido bendecidos por el Padre Celestial al tener entre nosotros a este santo varón. Gracias a sus generosas donaciones nuestra iglesia se ha convertido en un bello lugar para alabanza y gloria de nuestro Salvador —dijo el cura abriendo los brazos, sonriendo como un bendito, mientras yo, asqueado, me escondía detrás de un árbol para devolver hasta el agua que había bebido.

Sin tener donde ir y con mi padre enfermo del cuerpo y del alma, nos quedamos en la hacienda trabajando para el hombre que despreciaba y odiaba con toda el alma. Mi hermana y yo ya no volvimos a la escuela y así pasaron los años.

Finalmente, Tulio Poveda y yo llegamos a la Cananea trayendo con nosotros a los dos extraños. Leví salió a recibirlos disgustado, con cara de pocos amigos, pero, luego, al verlos, sonrió encantado.

—Bienvenidos sean en mi casa —dijo el viejo amablemente—. ¿Cómo puedo ayudarlos? —No supimos que respondieron los dos hombres porque lo hicieron en otra lengua. Leví les contestó de igual manera y fue cuando caí en cuenta que mi patrón venía de tierras lejanas. Lo cierto fue que después de escuchar lo que los dos extraños tenían que decirle el viejo se deshizo en atenciones, él que era un tacaño y contaba hasta la última peseta hizo galas de regalón. Aprovechando que estábamos presentes mandó a Tulio a matar a un borrego y un chivo, a mí me dio una llave con el encargo de traer un par de los vinos que guardaba en un depósito que mantenía cerrado con candado. Cuando se sentaron a la mesa, el fariseo, como el padre Panchito llamaba a farsantes, míseros y mentirosos, abrió los brazos y mirando a lo alto dio gracias a Dios por su bondad. Los otros dos hicieron lo mismo.

Mi papá me había pedido que siempre me mantuviera alerta y vigilara lo que hacía el maldito viejo y como mi trabajo, como también el de Tulio Poveda, era hacer los mandados de la casa siempre estaba cerca de Leví.

—En cualquier momento lo vas a agarrar haciendo una de sus chanchadas y movidas chuecas y entonces tendremos pruebas para ponerlo al descubierto delante de las autoridades, del alguacil, del padre Panchito que lo defiende a capa y espada y lo llama hijo predilecto de Dios.

—Papá, yo creo que de verdad Leví es escogido por Dios porque el viejo actúa de mala fe, hace tantas maldades y todavía sigue gozando de su protección. Lo terrible es que tiene engañados no sólo al señor cura sino a mucha gente.

—Podrá ser escogido de Dios, pero un día el diablo lo va a hacer caer y entonces tendremos la justicia que merecemos —dijo mi padre con amargura.

Abraham Leví era uno de los hombres más ricos y respetado de la comarca. A su casa llegaban gente importante, inclusive el señor gobernador asistía a sus fiestas. Su esposa, doña Sarita, una mujer cincuentona que a pesar de sus años se mantenía hermosa, no le había dado hijos. Pero eso no le hacía mella al patrón porque él tenía uno con otra mujer. Ese muchacho era Danielito, el hijo que había procreado con mi hermana Rosalinda.

No contento con habernos quitado todo, un día mi hermana no regresó a casa y luego de buscarla hasta debajo de las piedras, nos enteramos de que Leví la había engatusado y la tenía como mujer. Al saberlo mi papá tuvo un patatús y nunca se repuso de la parálisis que lo dejó en silla de ruedas para el resto de sus días. Nada se pudo hacer porque el patrón hacia su voluntad y mi hermana que apenas había cumplido los catorce no quiso abandonar la casita que, aunque pegada a la casa grande, según ella, el viejo le había regalado. Cuando la Rosalinda salió preñada, doña Sara la cuidó y tomó como propio el hijo que mi hermana le parió al viejo

Leví. A Rosalinda poco le importó que esto sucediera mientras la dejaran cuidar a Danielito y gozar de la ropa linda y las alhajas con las que la patrona la agasajaba.

Al día siguiente de su llegada a la casa grande, los dos visitantes salieron muy temprano en compañía del patrón. Fueron, los tres solos, en la camioneta de Leví y no regresaron hasta después del medio día trayendo una caja grande y pesada que yo les ayudé a llevar a uno de los depósitos que se cerraban con llave. Esa misma tarde cuando el sol ya había abandonado los campos, llegó el padre Panchito. Leví lo recibió en la puerta principal.

—Padre sé que estaba ocupado, pero lo he mandado a llamar porque necesito confiarle algo terrible. Vamos a mi oficina —dijo pasando un brazo sobre los hombros del cura—. Y tú Clemente tráenos dos vasos de limonada con hielo.

Yo fui a la cocina y en un santiamén regresé a la oficina llevando la charola con los vasos. Encontré al padre Panchito con los ojos tan abiertos que parecía que se le iban a salir volando de la cara y a Leví agarrándose la cabeza con ambas manos.

—¿Quién somos para oponernos a los deseos de Dios? —preguntó el viejo fariseo y al verme pidió que saliera de la oficina.

Yo obedecí, pero me quedé con la oreja pegada a la puerta para conocer de que deseos de Dios hablaba Abraham Leví.

—Lo juró padre, yo no podía creer que esos dos extranjeros que llegaron a mi casa eran enviados de Dios.

—¿Dónde están ahora? Me gustaría hablar con esos santos varones.

—Una vez que me dieron el mensaje desaparecieron —eso dijo Leví con desaliento, pero era mentira. Los dos extranjeros seguían en el depósito trasteando con esos materiales raros que trajeron en la caja. Antes de que llegara el cura yo les había llevado dos botellas del vino que pidieron.

—¿Hijo mío, y que mensaje era ése?

—Oh padre, Dios quiere hacer justicia por cuanto el clamor de Las Gomeras aumenta más cada día. El pecado de los habitantes de esas comarcas se ha agravado en extremo.

—¡Dios santísimo, esas son las mismas palabras que el Creador dijo al otro Abraham antes de destruir Sodoma y Gomorra! —exclamó el padre Panchito y me lo imaginé cayendo de rodillas al piso.

—¿Quién somos para oponernos a los deseos de Dios? —volvió a preguntar el fariseo.

—¿Cuándo sucederán los hechos?

—Eso no me dijeron. Lo que podemos hacer, usted y yo, es orar para suavizar la ira de Dios y que pueda perdonar a esa gente impía y pecadora que vive en Las Gomeras.

Dejé de escuchar y salí disparado para vigilar que hacían los extranjeros. Me escondí entre la maleza y mientras esperaba que salieran me puse a pensar en la conversación que había escuchado. Si Dios iba a destruir a los pecadores entonces todos íbamos a morir porque todos éramos igualitos a la gente que vivía en Las Gomeras. Nosotros, lo mismo que ellos, sábados y domingos nos las pasábamos chupando en la cantina, mentíamos, hablábamos pestes de los demás, cogíamos con las putas y cuando andábamos chiros lo hacíamos con las chivas o las borregas. Y el peor de todos era el mismísimo fariseo que nos robaba parte del salario, que no respetaba a las niñas como mi hermanita, tampoco a las mujeres de sus trabajadores y hasta se cogía a los muchachos. Con estos ojos que se los comerán los gusanos vi haciéndolo muchas veces, incluso trancó al pobre Tulio. Y si a mí no me ojeteó fue gracias a que más le gustaba la Rosalinda.

Estaba pensando en todo eso cuando finalmente vi salir a los "mensajeros de Dios" como los llamaba el patrón. Ya estaba bien oscuro y en la casa grande sólo estaban prendidas las luces en el portal. Los dos santos varones montaron un aparato en la parte trasera de la camioneta de Leví, se acomodaron en el asiento delantero y antes de poner el carro en movimiento me trepé en el cajón junto a esa cosa rara que transportaban.

El camión se detuvo en las inmediaciones de Las Gomeras y yo salté al camino para esconderme. Los "mensajeros de Dios' se adentraron en la propiedad llevando entre los dos el aparato sin que se dieran cuenta de que los perseguía. Ya bastante cerca de la casa grande y las casitas de los jornaleros depositaron el aparato en el suelo y luego de dejar encendido un botón regresaron a la camioneta. La curiosidad por poco me lleva a checar que cosa era esa pero el miedo hizo que saltara al cajón del camión otra vez. Estábamos entrando a la Cananeo cuando se escuchó la explosión que retumbó como si se acabara el mundo.

Toda la gente del pueblo y la de los pueblos aledaños estuvo presente para ver qué había pasado. Lo que vimos nos dejó espantados, mudos y locos. Los campos parecían fogones de leña prendida, la humareda, la sangre y los muertos estaban por todo lado. Los únicos que escaparon a la desgracia fueron aquellos que, a pesar de ser lunes, y que al día siguiente les esperaba la jornada en los campos, se quedaron chupando en la cantina o tirando en la casa de putas.

Y entonces pasó algo increíble. El padre Panchito luego de orar en silencio habló a los presentes.

—Hermanos, ayer fuimos visitados por dos varones que trajeron un mensaje del Señor. El pecado en Las Gomeras se había agravado en extremo y Dios debía pasar juicio y hacer justicia. Nosotros, simples mortales, no somos nada para oponernos a sus designios. Lo que Dios hace no puede contradecirlo el hombre.

—Yo mismo junto con el Clemente llevamos a los mensajeros a visitar a mi patrón. Piolín Torres y todos los que estaban en su negocio pudieron verlos. ¡Dios mío gracias por dejarme ver a tus ángeles! —dijo Tulio Poveda con los ojos en blanco.

—Yo los vi, Yo los vi, Yo también los vi, Yo fui testigo de este milagro, El Señor nos ha escogido para ser visitados por sus mensajeros —gritaba el uno, alababa el otro, todos regocijados glorificaban a Dios dejando la desgracia olvidada. Con el cura a la cabeza la procesión de creyentes enfiló a la casa del Señor convencidos de que eran parte de un prodigio. Meses después el gobernador, primo de Rigoberto Mendizábal que también voló con la explosión, cedió Las Gomeras a Abraham Leví. Yo nunca más volví a creer en los sermones del padre Panchito.

—Clemente deberías haber hablado sobre lo que viste y ahí mismo delatar a esos asesinos.

—¿Y quién me iba a creer? Si hubiera hablado de seguro que me hubieran matado por dañarles la fiesta. Papá, yo creo que de verdad Abraham Leví es escogido por Dios, sale bien parado de todas, el cura lo cree un santo, mucha gente lo quiere y lo halaga, y encima de todo lo malo mi hermana lo defiende. La muy mamerta dice que tuvo la suerte de haber encontrado a un hombre que le da de comer a ella y su hijo y ahora que la patrona ha muerto hasta los deja vivir en su casa.

—No te desesperes muchacho. Vas a ver que en cualquier momento cae. Todo es cuestión de esperar. Por lo pronto he invitado a Ubaldo Castillo a comer con nosotros, él siempre ha tenido la mente bien clara y no come cuentos. Ubaldo puede ayudarnos a pensar en algo.

—Papá, por favor ¿de verdad crees qué un cabrón como él, dueño de la casa de putas pueda servir para algo tan serio como esto?

—Es que tú no sabes que antes de ser un cabrón cualquiera, Ubaldo Castillo fue un leguleyo que Leví destruyó con sus mentiras.

Esa noche Ubaldo comió con nosotros en nuestra covacha y conoció la verdad sobre el caso Las Gomeras y los mensajeros de Dios. Y como dijera mi papá, Ubaldo no comía cuentos.

—Ajá, esa explosión fue causada por una bomba que los extranjeros colocaron en Las Gomeras para poder conseguir esas tierras prometidas por Dios. El desgraciado nos ha arruinado a todos, nos ha abusado, nos ha humillado. Quién puede creer que es un maldito miserable si, a pesar de no ser cristiano, nunca pierde una misa del domingo y reparte dinero a los pordioseros para que todos conozcan de su bondad. ¿Saben algo? he llegado a pensar que el viejo no sólo es astuto y sabe cómo engañar a los estúpidos, sino que utiliza todas esas pamplinadas bíblicas porque es fanático y cree en ellas. Está loco y piensa que él es el Abraham de la historia, que realmente es el escogido de Dios.

—Todo eso está bien y tus suposiciones pueden ser correctas, pero ¿qué podemos hacer para que la gente abra los ojos y reconozca que todo es una mentira? —preguntó mi papá.

—Yo más que nadie quiero que se haga justicia. Odio a ese desgraciado con toda mi alma y quiero verlo pagar por todas las cochinadas que nos ha hecho. Amigos, si no me equivoco lo próximo que Leví hará será intentar matar a un hijo y decir que lo hizo porque así Dios se lo ordenó.

—¡Señor Castillo cómo puede decir algo tan horrible! —dije yo pensando en mi sobrino Daniel.

—Les dije, el viejo está loco o puede hacerse el loco y creerse el Abraham de la biblia. Según esos cuentos lo que sigue a la destrucción del pueblo pecador en manos de los santos varones es el atentado contra la vida de un hijo. El Abraham bíblico estuvo a punto de ofrecer a Isaac como sacrificio en un altar de fuego. Tú Clemente no puedes perderle pie ni pisada. Mañana mismo te traeré una cámara fotográfica y te enseñaré como usarla. Necesitamos pruebas para desenmascararlo, sin pruebas la gente nunca creerá que Abraham Leví es un maldito.

Y así fue. Al día siguiente Ubaldo Castillo trajo la cámara, me enseñó a manejarla y estuve listo para la ocasión que tuviera que usarla. Nunca creí que fuera para grabar un momento tan horrendo como el que describió Castillo, hasta llegué a pensar que el loco era él.

Tal como me pidió Castillo me volví en la sombra del viejo. Gracias a que trabajaba dentro de la casa grande podía vigilar todo paso que daba, cuando comía, las siestas que tomaba, las salidas al campo para checar a los trabajadores, las escapadas a alguna de las casas de sus mujeres, hasta las veces que iba al escusado. Para estar al pendiente dejé de ir a la cantina los sábados como era mi costumbre y los domingos me despertaba antes de que cantaran los gallos para estar listo e ir tras mi patrón a la misa de cinco. Hasta que un día llegó el momento esperado.

Era una noche de verano, caliente y húmeda. Sin que corriera la brisa los árboles parecían moles de piedra. Leví se acomodó en una de las poltronas en el portal de la casa y se dio viento con el sombrero buscando alivio. Pidió que le trajera una limonada con mucho hielo y cuando regresé lo encontré inquieto, sudando a chorros, caminando de un lado al otro y hablando solo. Ni siquiera se dio cuenta de que yo estaba a su lado.

—Señor te siento temor y no rehusaré a lo que me pides. Antes de que el sol despunte en la mañana levantaré el holocausto en tu honor. Heme aquí mi Dios, heme aquí.

Yo lo dejé hablando, monté en mi caballo y salí como alma que lleva el diablo en busca de Ubaldo Castillo. Teníamos que estar listos para agarrar a Leví con las manos en la masa. Yo no sabía que cosa era un holocausto, pero tenía que ser algo horrible como todas las cosas que su Dios le ordenaba hacer al maldito loco.

Ubaldo Castillo convenció a Piolín Torres, a Vinicio Bustamante y a Eustaquio Valenzuela, el señor alguacil, que era su amigo de la infancia y compadre, para que nos acompañaran a ver a Leví en una de sus triquiñuelas que finalmente lo pondrían en la cuerda floja.

Eran las cuatro de la madrugada cuando vimos a Leví salir de la casa llevando a mi sobrino de la mano. Daniel, ya de siete añitos, rebelde, se negaba a seguirlo. Desde nuestro escondite no escuchamos que le dijo el viejo para convencerlo, lo cierto es que vimos al niño, como un corderito, subir a la camioneta. Los cinco lo seguimos en el carro de Piolín a cierta distancia para que no pudiera descubrirnos. Tal cual lo había dicho Ubaldo Castillo, Leví iba a cometer un crimen. Yo casi no podía respirar cuando vi al viejo loco apilar sobre unos enormes bloques de piedra las ramas y troncos secos que descargó de la camioneta, acostar a Danielito sobre ese altar y amarrarle las manos y los pie. Estuve a punto de gritar y desmayarme del susto cuando Leví sacó el cuchillo mata puerco de la vaina que llevaba amarrada a la pretina y se disponía a degollar al muchacho.

Fueron segundos de horror que Ubaldo Castillo fotografió con su cámara. Chas, chas, chas, una foto tras otra tomada desde la maleza que nos cubría.

—Heme aquí, heme aquí mi Dios y Señor —decía Levi cuando el alguacil Eustaquio Valenzuela salió del escondite y detuvo al loco hombre.

—Abraham Leví quedas detenido por intento de asesinato —dijo Valenzuela arrebatándole el cuchillo.

—Tú ni yo somos nada para oponernos a los deseos de Dios —gritó Leví.

—Ya no estamos para comer cuentos ni para que nos metan el dedo. En esta cámara tengo las pruebas de tu delito. Ya era tiempo de que pagaras todas las sapadas y porquerías que nos has hecho. Ni el padre Panchito, ni tu sucio dinero podrán salvarte de la justicia humana —pasó sentencia Ubaldo Castillo.

Abraham Leví fue a parar a la cárcel a pesar de que el padre Panchito, viendo como las donaciones se le escapaban de las manos, lo defendiera a capa y espada.

Todos confiamos, como nos los había prometido el alguacil Valenzuela, que las propiedades de Abraham Leví, al ser incautadas por las autoridades, pasaran a manos de sus antiguos dueños. Pero las cosas no fueron así de fácil.

Resulta que Leví había puesto toda su fortuna y las tierras adquiridas de mala fe a nombre de Daniel Leví, mi sobrino. El viejo y su mujer habían adoptado al niño y a la muerte de doña Sarita, Rosalba había pasado a ser la encargada legal de las propiedades. La mamerta de mi hermana confesó haber firmado papeles sin saber lo que hacía.

Cuando nos enteramos de esa gran noticia mi padre y yo fuimos en busca de Rosalinda y a nombre de todos los que Leví había engañado y estafado pedimos que hiciera justicia.

—Como la encargada de los bienes de Danielito pide que se nos devuelva lo que es nuestro —suplicó mi padre desde su silla de ruedas. Lo que menos esperábamos era que la Rosalba nos saliera con el mismo cuento y siguiéramos jodidos como siempre.

—Padre, no puedo hacerlo —contestó la mamerta—. Dios me ha hablado y me ha dicho: Daré a tu hijo y a su simiente después de él todas las tierras de tu marido en heredad perpetua y seré el Dios tuyo, el de tu hijo y el de todos los que vengan después de él.

## CON LA RABIA POR DENTRO

*Deja el tambor del revólver cargado con seis proyectiles y revisa que el cuchillo esté libre y fácil de desenvainar. Por si acaso, por si las cosas se ponen feas y hay que abrirles el cuello, piensa.*

MARIO MENDOZA

—Después de tu divorcio estás peor que nunca— dijo Trina.

—¿Dónde quedó la Melissa que conocimos en la escuela? Entonces no parabas de hablar, reías y todo lo tomabas en broma. Tu matrimonio no fue bueno, pero ya eso pasó a la historia. ¿Por qué tienes que seguir amargada? —se quejó Jessy.

—Necesitamos encontrarte un compañero antes de que las cosas empeoren. Los hombres joden, pero son buenos para divertirnos. Jessy y yo queremos ayudarte, por eso hemos pensado en arreglarte un par de citas a ciegas ¿Te animas? —propuso Trina.

—No estoy para eso. Después de Marcos no quiero saber de hombres, por lo menos no por ahora. Además, esos bestias no están interesados en mujeres de nuestra edad —repuse para que me dejaran en paz.

—¿De nuestra edad? No jodas, no digas disparates. A los cuarenta estamos mejor que nunca, tenemos experiencia y sabemos que es lo que nos conviene. Melissa, es muy pronto para echar la toalla. Mujer ya ni siquiera te arreglas, ese pelo y esas uñas dan lástima. Antes que nada, tenemos que acompañarte al salón de belleza para que te den un retoque —dijo Jessy.

—Qué ganas voy a tener de verme bien o de salir con alguien si ese desgraciado infeliz del Marcos me dejó desbaratada física y moralmente. Ustedes mejor que nadie conoce lo desastroso que fue mi matrimonio, no entiendo cómo pude sobrevivir y de dónde saqué las fuerzas para soportarlo por cuatro años.

—Melissa ya es tiempo de dejar de lamerte las heridas y sacudirte esa mala racha. Tienes que darte otra oportunidad. Vamos mujer que la vida no es para pasársela triste, ya deja esa "depre" de lado y a empezar de nuevo. Amiga no te vas a arrepentir. Debes conocer a Piero, un arquitecto italiano que trabaja con mi marido. No sólo está guapísimo, sino que es una linda persona y además es muy divertido —dijo Trina entusiasmada.

—Kevin no se queda atrás, sino fuera porque estoy saliendo con Tony le echaba los perros. ¿Qué dices? —preguntó Jessy para luego enumerar todas la virtudes y destrezas del llamado Kevin.

—Está bien. Vamos a la peluquería, no quiero que esos hombres vayan a pensar que soy una bruja —dije para contentarlas y además porque, en ese momento, acababa de ocurrírseme un plan.

Salimos de la cafetería, uno de los lugares donde las tres, un sábado de por medio, nos reuníamos para platicar, intercambiar ideas y, más que nada, apoyarnos mutuamente. Trina y yo éramos amigas desde la primaria. En la secundaria conocimos a

Jessy. Jessy era de esas estudiantes que se metían en problemas por testaduras. Un día salimos en su defensa cuando vimos que otras dos compañeras, que se las daban de matonas, la arrimaron contra la pared y de un golpe le sacaron sangre de la nariz. Nosotras tres y las otras dos muchachas terminamos desgreñadas, llenas de aruñazos, con la ropa hecha un asco y así fuimos a parar a la oficina del director. Las cinco fuimos inculpadas no sólo de agresión física sino de forzar al resto del estudiantado a contemplar un acto violento. Como medida disciplinaria fuimos suspendidas de clases por una semana y obligadas a recibir terapia para controlar la ira. Desde entonces, y a pesar de estudiar carreras diferentes, las tres nos hemos mantenido unidas y somos las mejores amigas.

Muchas veces nos hemos destornillado de la risa al recordar esos momentos gloriosos de la adolescencia. Nunca voy a olvidar la cara de sorpresa del director cuando el agente de seguridad me sostuvo por los hombros y dijo: Señor director, esta estudiante era la más belicosa. Parecía una gata rabiosa arañando y mordiendo a estas muchachas. Si señor, fue Melissa la que me agarró a patadas y me sacó un pedazo del brazo con los dientes. Mire señor, mire como me dejó, necesito que me lleven a la enfermería, se quejó la que había empezado la bronca haciéndose la víctima.

—¿Chicas recuerdan cuando les sacamos la madre a esas buscapleitos? ¿Recuerdan cómo desde entonces los compañeros nos respetaron y no volvieron a jodernos la vida? —pregunté a Trina y a Jessy que junto a mí se hacían la manicure.

—Jajaja… No olvides que, a pesar de nuestra fama, el "Titanic" te agarró la nalga y tú te le echaste encima como si fueras una tigresa. El pobre casi pierde una oreja —dijo Jessy recordando al descarado muchacho.

—¡Tan pendejas que éramos en esa época, creíamos que el apodo se debía a los enormes *sneakers* que usaba! —comentó Trina con malicia.

—Jajaja... Entonces dejó de ser el "Titanic" y pasó a ser "van Gogh" —bromeó Jessy.

—No sé dónde se me fueron el coraje y la rabia, precisamente cuando más las necesitaba y me dejé ver la cara de estúpida. Tuve que haberle arrancado los huevos a ese hijueputa de mi exmarido —dije sintiendo que la sangre me ardía en las venas.

—Melissa no pienses más en eso. Ahora concéntrate en verte preciosa para mañana. Acabo de comunicarme con Piero y está encantado de poder conocerte. La cita se dará en *Cavalli's* a las seis de la tarde —anunció Trina.

Me dio pena por ese tal Piero, no tenía idea de lo que le esperaba. Pero con alguien tenía que sacarme la rabia que llevaba por dentro. Tan pronto llegué a casa me preparé para el día siguiente. Seleccioné el vestido negro y corto, abierto a un lado, que dejaba al descubierto mis piernas que eran lo mejor de mi anatomía. Escogí los zapatos de tacón alto y lo más importante, me aseguré de guardar en la cartera las cosas que necesitaba para la cita. El rociador de pimienta, la bolsita con el sedativo, la navaja y la pequeña pistola que un día compré y que debí haber usado con el maldito del Marcos. ¿Por qué no lo dejé hecho una mierda cuando tuve la oportunidad?

Conocí a Marcos en una fiesta y desde el primer momento me sentí cautivada por su manera de hablar, de sonreír, de moverse. Marcos era el hombre perfecto. Mis padres, mis amigas, todos lo adoraban y llegué a sentirme afortunada de que me escogiera de entre todas las mujeres que giraban a su alrededor, que lo asediaban. En el pasado había estado en relaciones con varios individuos, y a pesar de que un par de ellas durara dos o tres años, ninguna había sido realmente importante. Marcos me enloqueció y a los cuatro meses de salir con él nos casamos. Al principio todo fue maravilloso, pero al pasar del tiempo Marcos empezó a sentirse, como él decía, amarrado, privado de libertad. Poco a poco fue alejándose de mí y a buscar otras mujeres. Y estúpida de mí, le soportaba las infidelidades por miedo a perderlo. Las cosas empeoraron cuando salí embarazada de nuestro único hijo, al que nunca quiso. Llegó a acusarme de haberlo hecho a propósito para fastidiarle la vida. La situación se volvió insostenible, los insultos fueron creciendo hasta convertirse en abuso físico. Sufrí bofetones, patadas, injurias, sin que yo reaccionara ni me defendiera. ¡Puta de mierda, no sé cómo pude casarme con una mujer tan bruta y fea! me gritaba jalándome de los pelos. Hacía gestos de asco al verme desnuda, me escupía y de manera soez decía no soportar la peste de mis genitales. Me vi obligada a usar vestidos de cuello alto y lentes oscuros para ocultar los moretones y que nadie descubriera el abuso. Las cosas llegaron a su fin, cuando una tarde, mis padres llegaron sin avisar trayendo al niño de vuelta y encontraron a Marcos apretándome por el cuello, intentando estrangularme.

Con la ayuda de los sicólogos pude recobrar la confianza y dejar atrás a la poca cosa en la que Marcos me había convertido. Lo que los expertos no lograron hacer fue aplacar la rabia que llevaba por dentro. Necesitaba desquitarme de alguna forma y esa tarde tendría la oportunidad de hacerlo. Todo lo tenía fríamente calculado, inclusive había prepagado el cuarto de un hotel cercano al restaurante donde llevaría al infeliz del Piero.

Llegué a la cita veinte minutos antes, me senté en la barra y pedí un Martini. Lo bebía a sorbos cuando un tipo alto y buen mozo me tocó el hombro. Según parecía Piero también había decidido llegar antes de la hora.

—¿Has esperado por mucho tiempo? —preguntó el hombre con una sonrisa que dejaba al descubierto unos dientes grandes y blancos. Pidió un güisqui y se acomodó a mi lado.

—Es temprano, eso nos dará tiempo para conversar y conocernos un poco —dije metiendo la mano en la cartera que colgaba de mi hombro para disimuladamente sacar la bolsita con el sedante.

—Espero que te guste bailar porque después podríamos ir a una sala que está muy cerca. Es un lugar elegante y acogedor —propuso el hombre sin dejar de sonreír.

—Oh, se me ha caído el pintalabios —dije dejando rodar el estuche de mi cartera. Piero, gentilmente se agachó a recogerlo y entonces pude vaciar el polvito en su vaso.

—Me encanta ver ese rojo encendido en los labios femeninos —comentó, yo diría, demasiado exaltado. Apuro el güisqui de un solo trago y pidió otro.

—Podríamos ir a un lugar más íntimo —me atreví a proponer haciendo un mohín seductor con los labios luego de comprobar que había bebido, junto con el licor, la dosis necesaria de la droga que lo adormeciera sin que llegara a incapacitarlo. El hombre necesitaba estar consciente para ver y sufrir las bofetadas, los insultos, las humillaciones, las patadas y mordidas. En el cuarto del hotel lo convencería para amarrarle las manos como parte del juego sexual y entonces iba a sacarle la puta madre. Sonreí pensando en los golpes que le daría con la correa de mi vestido y por qué no hasta le quemaría las piernas y los huevos con el encendedor.

—Apruebo tu sugerencia. Vamos en mi carro y luego regresamos a buscar el tuyo. Conozco el lugar perfecto, está cerca de aquí —dijo mordiéndose los labios y no me pareció estar con la buena persona que Trina había descrito. Acepté porque lo mismo daba ir al cuarto que yo había separado o al que Piero tenía en mente.

—Dijiste que el lugar estaba bastante cerca y ya vamos camino al campo —protesté al ver que nos alejábamos de la ciudad y no detenía el coche.

—¿Tienes miedo? —preguntó acariciando mi nuca.

—El que debería tener miedo eres tú —dije echándome a reír como si mi respuesta fuera una broma. El carro salió de la carretera y se detuvo en un paraje desolado. Instintivamente intenté, sin lograrlo, abrir la cartera en busca del rociador, la navaja, cualquier cosa.

—Ya hemos llegado. Ahora voltéate, te lo voy a meter por el trasero grandísima puta —dijo sujetándome con una mano, con la otra jaló de mi vestido. Lo mordí en un brazo y el hombre me golpeó en la cara una y otra vez, forcejamos, pero él era más fuerte y logró movilizarme. Bajaba la cremallera de sus pantalones cuando abrí la puerta del carro y me eché a correr. La cartera cayó al suelo, pero no podía detenerme a recogerla. De dos zancadas me alcanzó, jaló de mis cabellos y de un solo golpe me tiró al piso. Sacó una navaja y con ella terminó de romperme el vestido, cortó los calzones y clavó el arma en mi muslo. Gritando y pataleando conseguí agarrar una piedra y se la estallé en la cabeza en el mismo momento que me penetraba. Creo que no fue producto de la pedrada que le atesté sino la droga que había empezado a surgir efecto la que logró derrumbarlo. Me arrastré unos metros y saqué la pistola. Bang,

bang, le descargué dos tiros, uno en las piernas y el otro en los huevos. Medio desnuda y cojeando llegué hasta la carretera y finalmente pude llamar a la policía.

Trina y Jessy fueron las primeras en llegar al hospital donde una ambulancia me había traído.

—¡Ese Piero, la "buena persona" con la que me hicieron la cita era una bestia! ¡Casi me mata! —reclamé más aterrada que enojada.

—Melissa, ese no era Piero. Piero me llamó para decir que estuvo esperando por una hora y nunca llegaste —dijo Trina secándose las lágrimas.

—¡Qué horror! El hombre que te atacó era un violador, un asesino, una bestia. Ha matado a dos mujeres. Gracias a Dios ya está en manos de la policía —escuché las palabras de Jessy y a mí me dio un patatús. Fue necesario llamar a un médico.

Cuando llegaron mis padres y mi hijo ya me había recuperado. A la mañana siguiente, teniendo muy en cuenta de ocultar las que habían sido mis intenciones, estuve lista para responder al interrogatorio de las autoridades y la entrevista que me hizo la prensa. En la tarde Marcos vino a visitarme y como era un descarado sinvergüenza se presentó con un ramo de rosas rojas y un corazón flotante. Al verlo descubrí que la rabia había desaparecido, pero no estaba de más cuando pedí a mis amigas que buscaran a un agente de seguridad y sacaran a patadas a ese maldito hijueputa.

# DISPAROS AL AIRE

*Saber y asumir son dos cosas muy diferentes*
DICHO POPULAR

El agudo ruido de la sirena del carro de policía irrumpió en el tranquilo vecindario de Queens. Por los altoparlantes del vehículo se escuchó la voz de un oficial: Carlos Liberino sal inmediatamente de tu casa. ¡Si no lo haces nos veremos obligados a sacarte a la fuerza!

Atraídos por el alboroto los vecinos salieron de sus casas a pesar de la llovizna que había empezado a caer. Con paraguas en manos hombres y mujeres se situaron frente a la casa del mentado Carlos Liberino para no perderse detalle del operativo policial. Mientras tanto cada uno daba su propia versión de lo que podía ser la razón para que la policía buscara al susodicho.

—Yo sabía que este Carlos Liberino andaba en malos pasos. Por fin van a agarrarlo —dijo alguno.

—Con esa pinta y esos gestos se ve que el fulano es una ficha. Dios nos ha protegido, pudo habernos hecho daño, pudo matarnos —dijo otro.

—Nos pudo violar —gritó una mujer.

—Ese tipejo es un pedófilo, he visto como le brillan los ojos cuando mira a los niños —añadió otra voz.

—Ese gordo infeliz debe ser colombiano no sólo sale en las noches llevando paquetes sospechosos, sino que el día entero se lo pasa en la esquina de la 82 y la Roosevelt —con saña lanzó otro su veneno.

—No, para mí que ese tigre es dominicano. Es un matatán que cree sabérselas todas.

—Puede ser venezolano —intervino una voz femenina.

—Si fuera venezolano el "chamo" estaría muerto de hambre. Saben que el Maduro tiene a su gente a dieta obligatoria. Con esa panza que se gasta el desgraciado tiene que ser mexicano de tanta tortas y tacos que se atraganta —maliciosamente dijo otra mujer.

—Quién nos puede asegurar que el rufián desgraciado no sea un ñañito ecuatoriano. No todos son indígenas. Muchos lucen normales —comentó algún tullido mental.

—Asu mare, no pe, con ese cacharro bien maltratado ese "pata" no puede ser peruano —dijo otro de los vecinos sin que ninguno lo comprendiera.

En ese momento llegaron un carro de bomberos y una ambulancia. Como el supuesto delincuente no salía de su casa por propia voluntad, dos policías se vieron obligados a entrar al edificio y sacarlo a como diera lugar.

Por la bocina, que olvidaron apagar, se escuchó a uno de los oficiales comentar: Carlos Liberino se escapó del quirófano del hospital, los médicos lo reportaron, y si no lo regresamos a tiempo está en peligro de morir de un infarto.

## EL ABRIGUITO AZUL

*Lo que importa en la vida no es lo que te pasó sino lo que recuerdas y cómo lo recuerdas.*
GABRIEL GARCÍA MÁRQUEZ

No hay muchas cosas que recuerde antes de los cinco años. La verdad es que no recuerdo nada antes del abrigo azul que mi prima Susana me trajera como regalo de cumpleaños. Ese es mi primer recuerdo lo cual me dice que precisamente ese día adquirí lo que se llama el uso de la razón. Recuerdo la felicidad que me produjo el obsequio, me gustó tanto que como decía mami "no me lo quitaba ni para ir al escusado". La luna del espejo me mostraba que el abrigo me quedaba algo grande, pero me sentaba de maravillas, lograba resaltar el color azul de mis ojos y hacía verme más lindo. No era que fuera presumido pero la verdad era la verdad: yo era un niño precioso. Los cachetes regordetes, la nariz cortita, los labios redondos, y el pelo castaño claro y ensortijado me hacían ver adorable. Y no lo decía yo sino mi madre, mis hermanos, la familia entera. Mi encanto hizo que mis maestras, año tras año, me escogieran para representar a un angelito o a un principito en las presentaciones de la escuela.

No comprendo por qué recuerdo el abriguito cuando mami, los abuelos y todos en la familia insisten en decir que nunca lo tuve. Por supuesto que lo tuve, lo recuerdo muy bien, me lo regaló Susana el día de mi cumpleaños. Tanto me gustó y me encariñé con él, que cuando llegábamos de visita a la casa de los abuelos, yo pataleaba para que mami no me lo quitara. Abuela Mila decía que me quedaba muy mono y que me hacía lucir como un hombrecito, y con ese cuento de que era un hombrecito me convencía para guardarlo en el closet hasta la hora de regresar a casa. Las dos maestras del jardín de infantes no sabían el cuento pícaro de la abuela y no encontraron mañas ni maneras para hacérmelo quitar de encima.

Mami y los abuelos aseguran que el abriguito azul fue solamente otro de mis sueños. Si ellos supieran todo lo que sucede en esos vericuetos del subconsciente, no afirmarían que el abrigo fue un sueño. ¡Mi familia es tan melodramática! Ya puedo imaginar sus caras de susto si supieran de mis sueños, pensarían que en la casa tienen a un engendro del demonio. Mami alzaría las manos al cielo preguntando en qué se había equivocado o qué había hecho de malo para recibir semejante castigo, y abuela, en especial, pensaría que su nietecito querido era un perverso y un corrompido. Mis sueños están poblados de mujeres encueradas, prietas, ardientes, querendonas y generosas, de grandes tetas y enormes traseros. A veces soy un ternerito tragón pegado a su mamadera, otras un fauno dichoso de poseer una preciosa y codiciada tranca entre sus patas de cabra, o, un potro encabritado al que esas abusadoras montan a lomo pelado. En el sueño las acaricio, las lamo, las chupo, las muerdo, y cuando despierto me encuentro agarrotado y mojado. No siempre mis sueños son de gozo, también sueño cosas locas. Hay uno en especial que se repite constantemente, uno de esos sueños embrollados y misteriosos que quizás esconden algo insospechado y buscan ser descifrados.

En el sueño me encuentro en una casa grande y hermosa. Hay muchísimas habitaciones, no puedo decir cuantas. El corredor es inmenso y las puertas a lo largo de él son infinitas. Camino tratando de alcanzar la puerta que es un punto al final del pasillo. No sé por qué siempre me detengo frente a la que tiene puertas doradas a pesar de que dentro del sueño me digo que la próxima vez escogeré una diferente. El chirrido de los goznes es el mismo que hacen los portones del castillo en la película de Drácula. El cuarto no tiene ventanas y la luz es muy tenue. En la penumbra apenas distingo los objetos de arte con que está adornada. No los puedo ver, pero sé que son piezas artísticas. Veo bultos. A tientas busco un interruptor en las paredes. En una esquina encuentro una lámpara hecha de vidrios de colores. La enciendo y aun así no puedo distinguir los cuadros y las esculturas a causa de la niebla que envuelve el ambiente. Siento que la humedad me asfixia, me falta oxígeno. La cabeza me da vueltas y afiebrado sudo copiosamente. Me despojo de la ropa y entonces respiro mejor. Completamente desnudo avanzo entre la niebla que de repente se disipa transformándose en gotas de lluvia. Los cuadros y las esculturas se tornan visibles. No son objetos de arte, a mi alrededor son personas que, mudas, contemplan mi desnudez.

Las mujeres prietas y el placer que disfrutaba con ellas eran sueños, las puertas a lo largo del corredor infinito también eran un sueño, pero el abrigo azul no lo era. No lo era así mi familia insistiera en decirlo. El abrigo fue algo real, estaba hecho de una tela ligera y suave de color azul entre añil y agua, tenía cuatro botones dorados en el frente y un bolsillo a cada lado. En el bolsillo derecho guardaba mi canica de la suerte, una bola de vidro esmerilada con destellos azules, naranjas y granates. Héctor, mi primo mayor la quería para él y muchas veces intentó quitármela a la fuerza o ganármela a las malas. ¡Qué va! por algo me apodaban "Luisito Polvorín". Cuando me entraba a trompadas con otros niños no había quien me ganara, me volvía un remolino y como loco les entraba a puños y patadas hasta ponerlos a chillar y pedir clemencia con los mocos chorreándoles de las narices.

En algún libro leí algo bastante enredado y confuso, decía que cuando recordamos realmente estamos recordando haber recordado un recuerdo. También leí que nuestros recuerdos de la infancia eran realmente los recuerdos que los otros tienen sobre nuestros primeros años. Los mayores nos repiten tanto lo que ellos recuerdan que hicimos de pequeñitos que llegamos a creer que sus recuerdos son nuestros verdaderos recuerdos.

—Cuando tenías tres añitos eras terriblemente inquieto y si no te salías con la tuya te daban pataletas y armabas tremendas trifulcas. ¿Recuerdas cuando corrías en tu triciclo de arriba abajo sin ver dónde ibas? Una vez tropezaste con una piedra, caíste de cabeza y te rompiste la frente. ¿Recuerdas que el doctor cosió la herida? por eso tienes esa marca sobre la ceja —contaba mami y yo creía recordar.

—Si que lo recuerdo. Me salió mucha sangre y me asusté muchísimo.

—¿Recuerdas qué cuando eras pequeñito un día te llevamos al zoológico y gritaste de miedo al ver los gorilas?

—Claro que lo recuerdo. Esos animales eran feísimos. Aún ahora me dan miedo. Parecen personas que guardan un secreto y como no hablan no pueden decirlo.

Creo que mi primer recuerdo, realmente mío, ocurre cuando tío Bolívar, uno de los hermanos de papá, y su familia llegaron a nuestra casa. Ellos vivían en otra ciudad y cuando nos visitaban traían pequeños regalos para todos, pero en aquella ocasión mis tres primos trajeron regalos especialmente para mí. Lo recuerdo muy bien, vinieron por motivo de mi cumpleaños. Lo que no recuerdo es si conocía a mi prima Susana de antes. Recuerdo verla por primera vez en ese momento. Susana era más grande que yo, dos años mayor, tenía el pelo castaño, larguísimo y abundante, los ojos entre café y verde rodeados de largas pestañas. No recuerdo lo que me dieron los otros primos, pero sí que fue ella la que me entregó el paquete envuelto en un papel azul pintado con caballitos y atado con un pequeño lazo del mismo color. Me gustó desde el momento que la vi e hice monerías para hacerla reír mientras abría el bulto. Delante de mis ojos estaba el abriguito azul.

Recuerdo muy bien ver a Susana entregándome el regalo. Nadie me contó esa historia, tampoco fue la fantasía de un niño. Lo recuerdo, el abriguito se convirtió en mi prenda favorita. Me atrevo a decir que el azul añil representa para mí el color de la niñez.

El abrigo me llegaba hasta las rodillas, pero eso era lo de menos. Me gustaba y eso bastaba para el niño de cinco años que era en ese entonces. Mami me decía que el abriguito tenía que usarlo únicamente en las mañanas frescas para ir al jardín de infantes y luego debía quitármelo para que no me diera calor. Pero que va, yo lo usaba en el salón de actividades así ardiera y me causara sarna. Mi maestra era la señorita Rosalía, no la recuerdo, pero mami decía que era joven, linda, tierna y con una paciencia de santa. Ella llamó a mami para que lo lavara porque en poco tiempo el abrigo estaba revolcado, sucio, manchado de plastilina y los otros niños empezaban a burlarse de mí. No recuerdo qué pasó con él o cómo se perdió. Nadie recuerda que era mi favorito, ni siquiera Susana que fue la que me lo regaló.

Recuerdo que meses después de mi cumpleaños se celebró el aniversario de bodas de los abuelos y la familia, como decía mami cuando había un fiestón, echó la casa por la ventana. A mí siempre me encantaron estas fiestas, aún ahora a los trece años siguen gustándome porque puedo ver a todos los primos, especialmente a Susana que es una chica preciosa y tiene unas piernas hermosas y una cola de maravillas. Siempre que se puede me hago el loco o el que pierde el equilibrio para poder abrazarla y olerla. A ella no le molesta porque como para todos en la familia sigo siendo el niño, "el primito", aunque ahora sea más alto que ella.

La casa de los abuelos era grandísima, aun así, no había un rincón donde no hubiera gente y bulla. La parentela era enorme, todos juntos, primos, tíos, sobrinos, cuñados y más, contábamos como doscientos o diez mil. Todos estábamos felices, reíamos, hablábamos a la misma vez y a pesar de tres o cuatro compartir los mismos nombres podíamos saber quién de nosotros era el aludido. Los niños aprovechamos que la gente grande estaba entretenida para corretear y hacer travesuras de lo lindo. Asegura mami que yo era super travieso y tuve que ser el que fue al patio donde abuela tenía esas hierbas que, según ella, daban gusto a las comidas y rompió matas y macetas. Me echaba a reír, cuando mami lo contaba y decía que además de travieso era un pícaro, que a esa edad ya sabía que no podían culparme porque éramos muchos los niños que estábamos en la fiesta.

No recuerdo lo de las plantas, pero sí que hacía travesuras y que desde temprana edad aprendí a cómo hacerme el inocente. Yo sabía dónde abuela escondía todo lo que los niños no debíamos tocar. Recuerdo que ese día busqué las llaves del ático y llamé a los muchachos para subir a jugar con todas las chucherías y cosas raras y viejas que allí guardan los abuelos. Éramos como quince muchachos, entre todos rebuscamos dentro de cajas y baúles y sacamos ropa, libros y cosas estrambóticas. Las niñas se pusieron encima todo lo que encontraron: vestidos largos, collares, pulseras, guantes y sombreros emplumados. Los varones nos pusimos a travesear con una brújula, un telescopio y una carabina mohosa. Luego dejamos todo eso de lado y pasamos a jugar a los policías y ladrones, trepamos por las barandas, tumbamos sillas, desbaratamos cajas y saltamos encima de las niñas.

Ofendidas y arrebatadas, las niñas nos tiraron zapatos, libros, revistas y el ático se transformó en un campo de batalla donde éramos todos contra todos. Mami, a quien no se le escapaba ninguna de mis trastadas y todo lo tenía bajo control, se había dado cuenta de que los muchachos nos habíamos esfumado de la fiesta. Llegó al altillo y se encontró con la gran trifulca. Antes de sacarnos a empujones nos ordenó poner todo en su sitio tal y cual lo encontramos. Refunfuñando cumplimos la orden y luego bajamos la angosta escalera de uno en uno en fila india. Cuando pasé a su lado me dio un jalón de orejas que me hizo ver todas las estrellas del cielo, pero aguanté el dolor sin decir ni jota para que más tarde los primos no me hicieran burla y me entraran a cocachos por llorón.

Todo esto sucedió hace algunos años atrás, exactamente hace ocho años. Como ya lo dije, antes de comenzar la primaria, cuando tenía cinco años. Solamente yo recuerdo el juego en el ático. En aquel tiempo Susana tenía siete años y Héctor, mi primo mayor, diez y, sin embargo, no recuerdan la fiesta. Ninguno de mis primos recuerda el telescopio, la brújula y menos la carabina que encontramos en el altillo. Susana ha olvidado haberme regalado el abriguito, ella ha olvidado muchas cosas. No recuerda aquella vez que trepó un árbol para escapar de la lagartija que agarré especialmente para ella. Ha olvidado, algo para mi inolvidable, amenazarme con decirle a los tíos que le vi los calzones. Héctor ha olvidado que a patada limpia le quité la bola de vidro esmerilado con destellos azules, naranjas y granates que me había robado. Lo que si recuerda es la pedrada que le aterrizó en el coco cuando lo encontré besando a mi Susana.

Los abuelos tuvieron cinco hijos entre ellos mi padre que era el tercero. Yo en cambio fui hijo único. Dicen que papá murió de un resfriado mal curado, cuando yo tenía un año y para no estar solos, mami y yo venimos a vivir a casa de los abuelos. Lo curioso es que recuerdo esa última fiesta con lujo de detalles y en esa reunión estaban los cinco hijos de los abuelos, incluido mi papá. Mami que tenía el poder de hablarnos con los ojos envió el mensaje de pestañazos a papá en cuanto los muchachos bajamos del ático. Papi dejó la cerveza que tenía en la mano mientras conversaba con sus hermanos, vino a nuestro lado y me regaño por ser el cabecilla de los revoltosos. Papá amenazó con darme la zurra del siglo en cuanto regresáramos a casa.

Cada vez que hablo del fiestón y lo lindo que fue tener a toda la familia reunida y jugar con los primos, mami insiste que tuve que haberlo soñado. Mami repite que fui un niño con mucha imaginación y entonces no distinguía el sueño de la realidad. Ella asegura que a esa edad es normal creer que los sueños y las fantasías son verdaderas. Abuela Mila cuenta que yo estaba convencido de haber visto al viejo Noel salir por la ventana llevando una enorme bolsa roja tras la espalda. Abuela dice que su aniversario fue celebrado entre íntimos, que dos de sus hijos que vivían en diferentes ciudades ni siquiera vinieron a la fiesta. Sin embargo, yo recuerdo que un fotógrafo llegó al final de la celebración y captó una foto para la posteridad con toda la familia reunida. Los abuelos regalaron una copia de la fotografía a todos los parientes.

Mamá mandó a enmarcar su foto en un cuadro de madera labrada y la puso sobre la mesa en una esquina de la sala. En aquella mesa había muchas fotos, pero esa de toda la familia y la de mi papá sosteniéndome en brazos cuando yo era un bebé eran mis favoritas. Poco a poco y como por arte de magia, *hocus pocus, abra-cadabra*, las fotos fueron desapareciendo de la mesa y de la memoria familiar.

Me encantaba mirar la foto de la fiesta y repetir el nombre de cada tío y cada primo. A Susana le daba un beso sobre el vidrio. Susana es guapísima y desde siempre me ha tenido traído de un ala. Cuando éramos pequeños y venía de visita a la casa la invitaba a jugar a la doctora y el enfermo para que escuchara mi corazón y me diera masajes en la espalda y la barriga. También jugábamos a las casitas para que ella fuera la mamá y yo el papá. Así me aprovechaba para abrazarla y haciéndome el remolón me apoyaba sobre su pecho y aspiraba lo rico que olía su pelo. Me daba rabia cuando llegaba el maldito del Héctor que era más grande e insistía en ser el papá y a mí me tocaba el estúpido rol del hijo.

Siempre me ha gustado la casa de los abuelos. El apartamento donde vivíamos mis padres y yo era pequeñito y no podía correr, peor brincar. Los vecinos eran anti-niños y daban quejas por las puras ganas así yo caminara en puntillas imitando a los ratones. En cambio, la casa de los abuelos era grande con muchas habitaciones y tres baños. Tenía un jardín y en la parte trasera un patio enorme. Abuelo Luis era super chévere. Colgó una llanta de goma de un árbol para que me sirviera de columpio, y compró una resbaladera que aún se conserva atrás en el patio. En casa de los abuelos podía correr y brincar todo lo que me diera la gana siempre y cuando mami no estuviera presente.

El pasatiempo favorito de abuelo Luis era la cacería y los viernes salía muy temprano en la mañana con su escopeta y sus botas altas. Abuelo prometió enseñarme a disparar cuando fuera más grande y así podríamos ir a cazar venados los dos juntos.

Era muy travieso, no me queda otro remedio que aceptarlo y por todas las diabluras que hacía mami me castigaba y no me dejaba salir de mi cuarto los fines de semana. Dicen que hice saltar a la gata de abuela desde el ático, que la pobre se quebró una pata y perdió una de las nueve vidas por mi culpa. Bueno no me siento mal ni me remuerde la conciencia porque de eso no me acuerdo. Me acusan de haberle cortado el largo pelo de mi prima Rosy y dejarle la cabeza parchada. Dicen que le dejé una lagartija en el escritorio de la señorita Rosalía, que les ponía chicles en el pelo a las niñas de mi clase y tampoco lo recuerdo. Lo que si recuerdo es aquel fin de semana que vinimos de visita a casa de los abuelos y el berrinche que armé para ponerme el abriguito azul, aunque fuera sábado y no hubiera escuela.

*Estoy en el cuarto de los abuelos como siempre usando mi inseparable abrigo. Tengo algo más de cinco años, he crecido y ahora el abrigo me llega un poco más arriba de las rodillas. Me he asegurado de ver que todos están en la mesa del comedor tomando el desayuno. Despacito halo una silla para que no se den cuenta que ya me he levantado. Trepo en la silla para alcanzar la escopeta que abuelo guarda en la parte alta del guardarropa. Regreso la silla a su puesto y pongo la escopeta sobre la cama mientras me siento en el piso a calzarme las botas altas del abuelo. Me quedan enormes y me las amarro en las piernas para que no se me suelten. Miro mi reflejo en el espejo de cuerpo entero en el tocador de abuela Mila. Luzco igualito que abuelo Luis cuando va de cacería. Despacito bajo las escaleras con la escopeta lista para matar un venado. Llego hasta la puerta del comedor y disparo. ¡Bang! Caigo al piso de espaldas empujado por el impacto.*

*Atontado veo como abuela Mila grita horrorizada llevándose las dos manos a la cabeza. Mami que estaba en la cocina llega corriendo hacia el comedor donde se escucha el disparo, abuelo Luis me quita la escopeta de las manos y en brazos me lleva a su cuarto. Allí me saca el abriguito y empieza a leerme Aladino y los cuarenta ladrones, mi cuento favorito.*

Recuerdo que abuela me llevó a la hacienda de unos amigos y que por un tiempo no fui a la escuela. Cuando regresamos nos quedamos a vivir con los abuelos y no volvimos al apartamento.

Pasaron los años. Crecí, me hice un jovencito. He olvidado muchos incidentes que pasaron en la niñez y he recordado otros que quizás nunca sucedieron pero que mami y los abuelos lograron que fueran mis memorias. Recordar a papá está vedado en la casa porque su recuerdo los pone triste. Mami no quiere que se hable de él, ni que se mencione su nombre.

Muchas veces recuerdo la fiesta de aniversario de los abuelos y mi abrigo favorito. Me pregunto cómo es posible recordar con lujo de detalles, pelos y señas, algo que nunca sucedió.

He dejado de ser travieso. A los trece años hacer pillerías es vergonzoso y cosa de estúpidos. Eso sí sigo siendo curioso. Hoy he subido al ático donde ahora hay más trastes que antes. Los baúles y cajas de los abuelos donde se guardan sus cosas antiguas y estrambóticas están que se desbaratan de apolillados y viejos, más parecen escondrijos para las arañas. He prometido a un amigo mostrarle la vieja carabina, un arma auténtica de principios del siglo pasado. Rebusco en el viejo baúl y dentro encuentro una caja pequeña que llama mi atención. En la tapa dice fotografías. Pienso que deben de ser fotos de papá antes de que muriera y que mami y los abuelos no quieren ver para no entristecerse. La caja está cerrada con un candado pequeñito. Con un tubo lo hago saltar y descubro que mis sospechas eran ciertas. Hay varias fotos de papá, en todas ellas me sostiene en brazos. Todavía en el marco de madera labrada que mamá compró especialmente para esta fotografía, se encuentra la gráfica de la fiesta donde toda la familia sonríe feliz celebrando el aniversario de los abuelos. Yo estoy sentado sobre las piernas de papá. Yo llevo puesto el abriguito azul.

## LA FIERA

*Existe poca selección entre las manzanas podridas.*
WILLIAM SHAKESPEARE

El joven médico se acerca a la cama de la enferma que está custodiada por un guardia de seguridad. No es necesaria la presencia de la policía porque la reclusa no representa ningún peligro para nadie, pero es un formulismo para cumplir con las regulaciones de la penitenciaria. El cuerpo enflaquecido y falto de energías de la reclusa yace lánguido sobre la cama, la mujer está tan débil que sería incapaz de matar una mosca.

Hace trece años, Violeta "La Fiera" Larra entró a la cárcel para mujeres sentenciada a cadena perpetua por asesinar de manera brutal a Adrián Moret.

—Según su fichero esta mujer solo cuenta con sesenta y siete años. Creí que se trataba de una octogenaria —comenta el médico antes de practicarle los exámenes de rutina.

—Resultados de la mala vida y la mala conciencia —dice el policía mirando a la reclusa con desprecio.

—Esta mujer se encuentra en malas condiciones. ¿Cómo es que no ha sido llevada a un hospital? El temblor del cuerpo y la palidez me preocupan sobremanera ¿Tienes algún pariente a quien contactar para hacerles saber de tu estado de salud? —pregunta el médico y Violeta niega con leves movimientos de cabeza.

—Ya hemos tratado de hacerlo y no hemos encontrado a ninguno —dice la enfermera mientras coloca una aguja en la mano izquierda de la reclusa para administrarle el suero recomendado por el médico.

—Llevo varios años trabajando en la prisión y nunca he visto que Violeta tuviera visitas —asegura el policía.

—¿Por qué esta pobre mujer cumple sentencia en una cárcel de máxima seguridad? —pregunta el joven médico por simple curiosidad porque realmente no le interesa conocer la vida de las presidiarias.

—Pobre mujer es lo que menos se podría llamar a esta tipa. Por algo es apodada "La Fiera". Cuando entró a la cárcel impuso el terror desde el primer momento y se volvió temida e intocable. Trece años atrás era ágil, tenía más carnes, más mañas y más bríos. Prisioneras que eran las cabecillas, que metían miedo a las otras matonas tuvieron que bajar la guardia y hacerse las pendejas para no terminar con las cabezas rodando por el piso. Fueron muchas las que llegaron a la enfermería cargando sus propias tripas y varias a las que les tocó comer mierda. Ese era el castigo que daba a traicioneras, resabiadas y necias, abrir la boca y tragar la caca de sus lambisconas. Ahí donde la ve, tan frágil e indefensa, esta mujer fue una bestia, mató y descuartizo a un tipo a sangre fría. Por eso fue sentenciada a pasar el resto de la vida en cana.

—Esa no fue la razón —dijo la prisionera con dificultad, parecía que le costaba respirar—. Sacar a una rata mugrosa del camino no es un crimen suficientemente grande para pagar con esta larga condena.

—Ahora que estás enferma y sabes que puedes morir pretendes hacerte la inocente. Recuerda que no sólo mataste a ese hombre, sino que lo pedaceaste y los trozos los enviaste por correo especial no a cualquiera sino a personalidades, a gente conocida y respetable —dijo el policía.

—Recuerdo muy bien el caso, estaba en todos los medios de información —comentó la enfermera—. Doctor, en ese tiempo usted era un muchachito y por eso no puede recordarlo. Políticos, jefes de policía, banqueros, personalidades de la televisión y artistas recibieron alguna parte del cuerpo mutilado. Lo que hizo esta mujer fue algo macabro.

—Todas esas alimañas pertenecían a la misma madriguera. Quise acabar con los que podía, aquellos miserables gusanos que la gente respetaba y aplaudía creyendo que por ocupar altos cargos o ser celebridades no se echaban pedos y cagaban oloroso. En sólo meses saqué del mapa a varios de esos tipejos indeseables. Recuerdo muy bien que el primero en la lista fue aquel gobernador conocido por deshonesto, que descaradamente inhalaba cocaína en público. Mike Dunlevy era un verdadero animal, gordo y hediondo, tragaba como un cerdo. Ni la ropa de marca ni los perfumes caros podían ocultar que era un marrano. Para que todas sus cochinadas no salieran a la luz las autoridades aconsejaron a la familia reportar que el infame personaje había muerto en un hospital a causa de un raro caso de cáncer —dijo la enferma e hizo una larga pausa tratando de agarrar oxígeno—. Otro fue El Marqués, el popular cantante conocido por sus temas de alto contenido sexual y presentaciones que eran verdaderas bacanales, se publicó que había muerto por asfixia después de un ataque de asma, mal del que nunca padeció, y por supuesto no mencionaron el profundo tajo en el cuello por el que se desangró el maldito. Los medios reportaron que Will Robinson, el afamado actor adicto a las drogas y el alcohol había muerto a causa del uso de medicinas para el dolor. Algo parecido se dijo cuando en un lujoso hotel en Texas encontraron el cuerpo sin vida de un "honorable" juez de la Suprema Corte de Justicia. Albert Estandía era llamado el "Príncipe de la Justicia" cuando realmente era un tipo arbitrario, corrupto y responsable de la condena y muerte de muchos miserables que no tuvieron la lana suficiente para pagar por su inocencia. La cárcel libró al multimillonario Jeff Epstein de caer en manos del diablo, justo cuando iba a recibir su pasaporte al infierno se declaró culpable para así evadir cargos federales por traficar y abusar de niñas menores de edad. Por supuesto, protegido por la familia real un príncipe inglés participante en el tráfico sexual de niñas escapó de ser ajusticiado. El pedófilo "sangre azul" declaró que era imposible que tuviera sexo con ninguna menor porque su condición médica no le permitía sudar, lo cual le impedía "asistir a fiestas" y menos permitir "demostraciones de afecto públicas".

—¿Estás confesando que mataste a esas personalidades? —preguntó el policía.

—Todos esos informes transmitidos en las redes sociales y reportes policiales fueron mentiras fabricadas para ocultar que esos cochinos fueron ajusticiados. Si se decía la verdad se corría el riesgo de que salieran a la luz no sólo la lista con los nombres de personajes sino sus abominables delitos. Asustadas al ver como las ratas iban cayendo una tras otra, el resto de las alimañas, todas aconchabadas, me prepararon la trampa. Tenían medios para hacerlo y a la justicia de su lado. Escogieron a Adrián Moret, un pelagatos que trabajaba para mí y que se las daba de brazo derecho de una cacique del gobierno.

—¿Cómo te atreves a ensuciar la memoria de esas personas que todos sabemos eran de bien y admiradas por todo el mundo? —preguntó la enfermera con enojo.

—¿De qué los conocías? —demandó saber el agente de la policía—. En todos esos casos que mencionas se llevaron a cabo investigaciones, estudios del ADN, se practicaron autopsias, es imposible que las autoridades mintieran y se prestaran a participar en un asqueroso juego.

—Todos esos personajes infames eran mis clientes. Asistía a sus fiestas privadas, me codeaba con sus amigotes, les escogía sus acompañantes, conocía sus aficiones y más que nada sus debilidades. Conocer de qué pata cojeaban era un recurso a mi favor porque me daba la posibilidad de saber por dónde atacarlos en el momento preciso. Lo malo fue que ellos también conocían mi debilidad. Amaba a mi hermana menor y a mis dos sobrinas a las que visitaba muy poco, pero por las que estaba dispuesta a hacer lo que fuera.

—¿Eras una prostituta o una madama? —preguntó la enfermera con una sonrisa de burla en los labios.

—Dijiste que te prepararon una trampa —dijo el médico.

—No fui una puta, tampoco una madama. Fui más que eso, una mujer de negocios, una mujer ambiciosa que amaba el dinero y disfrutaba de la buena vida y los placeres. A los diecisiete años ya sabía que por dinero estaba dispuesta a cualquier cosa. A escondidas de mis padres me puse a bailar desnuda en un club privado donde asistían tipos con mucho billete. A los dieciocho abandoné la casa para casarme con un rico vejestorio que puso a mi disposición su dinero y sus propiedades. No lo maté, pero si le provoqué un patatús para sacarlo de mi camino. A los veintiunos ya era viuda y totalmente libre para hacer lo que me viniera en gana, para coger con quien quisiera sin tener que rendirle cuentas a nadie. Mis padres me repudiaron y murieron en un accidente sin que volviera a verlos. Junto con las cuentas bancarias heredé el membrete y el taller de confección de ropa femenina que había hecho rico al viejuco. Amasó una pequeña fortuna gracias a las obreras, las infelices muertas de hambre venidas de miserables países. Cumplía los veintiséis cuando en un viaje a Las Vegas conocí a Adrián Moret. Adrián tenía pinta de actor de cine, era audaz, desinhibido, vicioso, tramposo y jugador. El hombre me impactó de entrada. Un tipo con todas esas virtudes era el que me convenía tener a mi lado. Esa misma noche nos metimos unos cuantos polvos por la nariz y nos echamos otros tantos en el colchón. Fue idea de Adrián abrir varios salones para hombres y hacer aparecer como masajistas a las mujeres jóvenes, bonitas, necesitadas de lana y, preferiblemente, que fueran asiáticas. Por algún motivo los hombres prefieren que sea ese tipo de chicas las que les frote los güevos y les chupe el pito. El verdadero negocio empezó cuando en una fiesta ofrecida por la senadora Silvia Collins, amiga de Adrián, el senador Ted Connell me propuso una buena suma de dinero a cambio de los favores de una puta no solamente bella sino sana y limpia. Se me prendió el foco y pensé en una niña. Las pequeñas eran las únicas que todavía estaban puras y libres de cochambres. Al día siguiente, en un hotel de lujo, cumplí con las exigencias del hombre. Un quinto de la paga pasó a manos de la mujer que vendió la virginidad de su hija mayor de sólo trece años para dar de comer a los cuatro menores. Adrián dejó de ser mi socio y se convirtió en mi empleado, fue el encargado de traer muchachas y muchachos del otro lado de la frontera para así reducir los gastos. Un cliente satisfecho recomendó a otro cliente y así fue como todos esos personajes admirados e idealizados pasaron a formar parte de mi lista de clientes. Y no sólo para recibir favores sexuales especiales con niños y niñas sino riñones, hígados, corazones, páncreas y pulmones. El que necesitaba un trasplante sabía que podía contar con mi pronta ayuda.

—¡Eres una cucaracha, me das asco! —exclamó la enfermera.

—Eres peor de lo que pensé y te atreves a llamar cerdos a los demás —dijo el agente de la policía.

—¿Por qué mataste a Adrián? —preguntó el médico.

—Mike Dunlevy, el gordo hediondo, el sucio gobernador, organizó una fiesta en su casa de la playa. Todos sus amigotes, políticos, hombres de negocios y artistas estaban ahí para gozar, emborracharse, coger y doparse. Como en otras celebraciones, llegó el momento de aplaudir mientras el cerdo gordo y mofletudo desfloraba a una muchachita. La jovencita, alta y delgada, entró vestida como una colegiala y un antifaz cubriéndole la cara. Todos vitoreamos cuando el cerdo la desnudó y le sacó la máscara. Di un grito de horror al ver la carita de niña asustada mirando a los presentes mientras con las manos tapaba su vagina. Solo cuando la maldad nos toca en carne propia podemos darnos cuenta de su destructivo poder. La muchachita era Marla, la hija menor de mi hermana. Pedí que la dejaran irse y el gordo asqueroso con más ganas hizo con ella todas las porquerías que pudo. Adrián me sostuvo por los brazos y me tapó la boca. No hagas el papelón, piensa en toda la lana que estamos ganando, dijo el desgraciado mientras veía como el "honorable" juez Escandía le metía el pene en la boca y otros famosos hacían la cola para cumplir sus sucias fantasías con la niña. Después de lo sucedido mi hermana no quiso saber de mí. Nunca más volví a verla, tampoco a las niñas.

—¿Fue entonces que mataste a tu socio? —preguntó el policía.

—Todos esos mal paridos usaban antidepresivos y pastillas para dormir, únicamente así podían relajarse y aliviar las puercas conciencias. Esos químicos fueron los que me ayudaron a ponerlos a dormir para siempre. Para que las autoridades supieran quienes eran esos pervertidos junto a los cadáveres dejaba fotos donde se los veía teniendo sexo con menores, con animales, mamando vergas, inhalando y metiéndose porquerías por todos los huecos del cuerpo. Claro, supieron que eso sólo podía hacerlo yo y fue entonces que se conchabaron para sacarme del medio. Yo no maté a Adrián Moret, lo mataron ellos, los honorables personajes.

—¿Vas a negarlo cuando se comprobó que fuiste la asesina? —preguntó el policía.

—Lo encontré muerto sobre la cama con un tajo en el cuello. Había sangre por todo lado, en las sábanas, en el piso, en las paredes.

Tomaba el teléfono para reportar el caso a la policía cuando una voz ordenó detenerme. La senadora amiga de Adrián me apuntó a la cabeza con una pistola; Julius Taylor, el actor de "Amor a la piedra", me entregó una sierra eléctrica y Danny R, el comentarista de espectáculos, puso a funcionar la cámara de grabaciones. Me ordenaron que me untara con la sangre que aún borboteaba del cuello de Adrián y que le cercenara la cabeza. Esas gráficas fueron las pruebas que se presentaron en el juzgado y para que no me atreviera a abrir el pico me amenazaron con matar a mi hermana y mis sobrinas. Supe que estaba perdida, que estaba en sus manos, pero ellos no sabían de mi odio y mis alcances. Cuando me dejaron a solas con el cadáver, troceé el cuerpo de Adrián. Antes de que llegara la policía guardé pedazos del cuerpo en una bolsa plástica y los llevé a uno de los depósitos fuera de la ciudad. Me tomó el resto del día enviar por correo dedos, orejas, ojos, lengua, corazón, pene; un pedacito del cuerpo de Adrián, a cada uno de los cerdos en mi lista para que por lo menos se cagaran del miedo y se atragantaran de pastillas para los nervios.

—¿Qué ganas con contarnos todo esto? No mataste a Adrián Moret, pero le quitaste la vida a otros seres humanos, igualmente eres una asesina y mereces estar encerrada de por vida —dijo el policía.

—Están equivocados si creen que me castigaron por haber mandado al infierno a esos malditos. Los que quedaron con vida me encerraron para salvarse de La Fiera. Si les he contado esta historia es porque antes de morir quería que conocieran a esa maldita, para que la despreciaran y no tuvieran piedad por ella. La Fiera, la más peligrosa, la más asquerosa, infame y despiadada de esas alimañas. No me atreví a matarla, me negué a lastimarla siquiera porque la amaba sobre todas las cosas. Todos estos años enjaulada, atacando y matando para poder sobrevivir entre las otras bestias empecé a aceptar que debía destruirla para poder librarme de ella —dijo Violeta con esfuerzo, en medio de gorgoteos, parecía como si le faltara el oxígeno.

—¿De qué hablas? ¿Estás loca? La Fiera eres tú —dijo la enfermera.

—Ordenaré que de inmediato te trasladen al hospital donde puedan hacerte todos los exámenes necesarios. Estás muy débil y esa palidez y esa agitación me preocupan, tus problemas para tragar te impiden comer, tu corazón y tus pulmones están comprometidos.

—A la Fiera ya no le queda mucho tiempo. Puedo ver las caras regocijadas de las asquerosas ratas que sacó del medio, ríen felices de verla llegar al infierno donde la están esperando. Déjenla morir aquí en la cárcel. La Fiera debe cumplir hasta el último minuto de la sentencia —en un susurro, dijo Violeta "La Fiera" Larra y no volvió a pronunciar otra palabra.

El resto del día y durante la noche la reclusa estuvo inquieta y delirante, se negó a probar bocado o a beber. Murió al amanecer sin que la morfina pudiese aliviar los fuertes dolores que hasta el último instante torturaron su carne. Sus restos fueron depositados en una fosa común destinada a la gente que muere sola y no tiene ni un perro que le ladre.

## Vencer o morir

*Fundamentalmente soy un optimista.*
*No puedo decir si esto se debe a mi naturaleza*
*o a mi educación.*
*Parte de ser optimista es que uno mantenga*
*la cabeza apuntando al sol,*
*con los pies moviéndose hacia adelante.*
*Ha habido muchos momentos oscuros*
*cuando mi fe en la humanidad*
*fue dolorosamente probada, pero no daría*
*ni puedo rendirme a la desesperación.*
*En esa dirección se encuentran la derrota y la muerte.*
Nelson Mandela

—¡Doctor, doctor, el paciente ha despertado! —sorprendida y a la vez contenta la enfermera dio la noticia usando el teléfono interno.

—Iré a verlo ahora mismo. Llame a la familia y comuníqueles del estado del paciente con mucho tacto, déjeles saber que el muchacho ha salido del coma pero que falta mucho tiempo para que recobre la conciencia. Aconséjalos que necesitan prudencia y mucha paciencia.

Sebastián ha estado en coma por año y medio. Las tomografías y evaluaciones han demostrado que su cerebro ha continuado activo y sus órganos no han perdido el funcionamiento normal. La madre, el hermano mayor y los amigos nunca perdieron las esperanzas de que un día Sebas, como cariñosamente llaman al joven, despertara. Tan pronto como recibieron el mensaje han estado a su lado todo el tiempo que les fue permitido.

Sebastián ha despertado pero sus ojos no logran enfocar el entorno, su mirada no se detiene en ningún punto en particular, parece estar vagando en el espacio. El médico ilumina sus ojos con el apuntador sin lograr que éstos sigan el haz de luz, tampoco responde a ningún mandato.

—Hijo, Sebas, agarra mi mano —pide la madre sin ningún resultado.

—Señora no se angustie, ya le dijimos que la recuperación será lenta —dice el médico.

—Háblele, estamos seguros de que Sebastián puede escucharla —pide la enfermera.

—Sebas, por favor, empieza a recordar, tu hermano Nando, yo y tus amigos vamos a ayudarte a hacerlo. Hijo siempre has sido un muchacho idealista, exaltado y testarudo, nunca te has dado por vencido y no vas a hacerlo ahora. Si algo te salía mal volvías a intentarlo. Recuerdas lo mucho que te costó aprender a montar en bicicleta. Un día te caíste y te rompiste una pierna, pero una vez que te sacaron el yeso volviste a tratar, te montaste en el aparato y no descansaste hasta dominarlo.

—Si Sebas, siempre has sido terco, nunca te has amilanado ante un reto. Papá nos enseñó a ser enérgicos, valerosos y atrevidos, pero tú te pasaste de la raya. Te confieso que no ha sido fácil ser el hermano de un chico tan competitivo y luchador, me ha tocado trabajar duro para estar por lo menos a tu altura. Recuerda las veces que te desafié a ganarme en los 100 metros, a escalar el cerro, a cuál de los dos sacaba mejor notas en la escuela. Ese muchachito jamás podrá ganarme a cruzar el río a nado porque yo tengo más experiencia, dije a los amigos y aposté todos mis ahorros porque estaba seguro de poder ganarte. Tú te la pasaste practicando mientras yo me iba a farrear con los parceros y por supuesto ¡me ganaste condenado!

Los días pasan y poco a poco Sebastián va recuperando el dominio de sus movimientos. Una tarde despierta y sus ojos recorren la habitación. Sorprendido parpadea varias veces porque no reconoce lo que lo rodea. Cierra los ojos, vuelve a abrirlos y agitado gira la cabeza de un lado al otro. Matías, uno de sus mejores amigos, que en ese momento lo acompaña, trata de calmarlo. Le explica que se encuentra en una sala del hospital donde ha estado dormido por más de un año. En la mente del muchacho aparecen figuras imprecisas que parecen estar envueltas entre nubes.

—Calma, calma Sebas, lo tuyo fue grave y te tomará un tiempo recuperarte. Ten paciencia compañero, poco a poco irás recordando las cosas. Soy Matías ¿me recuerdas? Soy uno de tus amigos de la infancia, hemos estudiado juntos y juntos hemos compartido muchos buenos y malos momentos. Hemos colaborado en obras comunitarias, hemos hecho travesuras y muchas pendejadas también. Déjame recordarte ese episodio fatal cuando casi pierdes a la novia que recién habías conquistado. ¿Recuerdas a Mónica? Esa chiquilla que te tenía loco, la del pelo negro y largo, con los labios abultados y unas piernas de reina de belleza. Tienes que recordar aquel día que desfilamos disfrazados de mujeres, tú eras la Madonna y yo la Marilyn Monroe. Lo hicimos para apoyar al camarada Esteban cuando éste finalmente tuvo las agallas para salir del closet. Íbamos de lo más contentos relajando con todo el mundo cuando, entre el público, descubriste a la Mónica. Todos los parceros te rodeamos para que la muchacha no te viera haciéndote el travesti. Jajaja... Si vieras las carcajadas que echó cuando un tiempo después se enteró que tú eras la diva, la reina del pop. Ahora la Mónica está casada con un muchacho que conoció en la universidad y sabemos que está de encargo. Debes acordarte aquella tarde cuando nos reunimos en mi casa para estudiar y al Flaco Iriarte se le ocurrió aparecer y nos invitó a tomar un par de cervezas en el "Punto Rojo". Estábamos de lo más alegres brindando por la libertad, por la juventud, por el amor, por las mujeres, cuando de pronto se armó la gran pelotera entre los borrachos y claro, el Flaco salió huyendo en medio de la balacera y sálvese quien pueda. Tú y yo gateamos bajo las mesas, pero igual nos agarraron y nos metieron tras las rejas acusados de revoltosos. No nos presentamos al examen, suspendimos la materia y tu padre y el mío nos dieron tremenda pela. Sebas sé que me estás escuchando, recuerdas que nos preparábamos para entrar a estudiar Leyes, tu padre quería que fueras abogado como él, cuando nosotros únicamente aspirábamos a convertirnos en los defensores del pueblo. Estudiábamos *La sicología del ciudadano* y *La revolución de la clase obrera,* estábamos en esas cuando te pasó lo que te pasó. Te cuento, yo no estudio Leyes, cambié de carrera, ahora pretendo ser dentista y trabajar en la consulta de mi padre.

Sebastián fue recuperándose lentamente, los familiares y amigos celebraban ver como cada día que pasaba dejaba atrás la inmovilidad. Ya era capaz de enfocar los ojos en lo que miraba, volteaba la cabeza para localizar que producía los sonidos que escuchaba, estaba consciente de lo que lo rodeaba. Una mañana al despertarse encontró que Marcos, el otro amigo de la infancia, estaba a su lado. Lo miró sin reconocerlo, apretó los ojos, temeroso de no encontrar en su memoria el nombre de aquella cara que le era familiar. Marcos le tomó una mano y dijo: amigo, amigo mío, esperanzado de que su voz cortara las brumas en el cerebro de Sebastián. Pasaron varios minutos antes de que el muchacho volviera a abrir los ojos. Maaar-cos dijo balbuceante, temeroso de equivocarse. Marcos sonrió al comprobar que los recuerdos, ideas y pensamientos volvían junto con las palabras.

—Hermano, me das mucha alegría, ya veo que me reconoces. Sebas tómalo suave, has estado en coma por mucho tiempo, pero felizmente despertaste y te estás recuperando. ¿Recuerdas cómo fue que perdiste la conciencia?

—No, no lo sé. Maaar-cos ayu-yúdame a recordar.

—Vamos a ir paso a paso. No sé si tu familia estará de acuerdo con que recuerdes algo desagradable. Yo pienso que por doloroso que sean tenemos que conocer los hechos, no van a dejar de existir, así porque sí, solo porque los ignoremos. Como de costumbre las cosas en el país no estaban bien, los sueldos no alcanzaban ni siquiera para cubrir los gastos básicos, los programas de salud, educación y asistencia pública dejaban mucho que desear, las leyes impuestas por el gobierno eran cada vez más arbitrarias, se dejaron de respetar el derecho a la vida, a la libertad, a la propiedad, a la democracia. Todos los días comenzaron a aparecer muertos, si no era de un tiro por la espalda la gente moría a causa del hambre. Fue entonces cuando empezaron a formarse frentes de combate y es que no podíamos quedarnos con los brazos cruzados viendo como las cosas se venían abajo. Varios compañeros respaldamos la acción popular y nos unimos a las filas revolucionarias. Aquel día, año y cinco meses atrás, salimos a protestar, a expresar nuestro rechazo contra el abuso perverso y cobarde del poder. Marchábamos en bloques coreando a voces nuestra consigna: "Vencer o morir" cuando el ejército trató detenernos. Nos lanzaron bombas lacrimógenas consiguiendo que los grupos se dispersaran y empezó la corredera. Los soldados lograron agarrar a varios de los cabecillas entre los que me encontraba yo. Tú te detuviste para con el altavoz animar a los compañeros, fue cuando se escuchó un disparo. Cayó Linares, el muchacho que estaba a tu lado, trataste de levantarlo del piso y ayudarlo a escapar de los milicos, pero desgraciadamente resbalaste cuando la muchedumbre te empujó. Caíste al piso, el golpe en la cabeza te dejó inconsciente y así permaneciste todo este tiempo.

—Ahora rere... recuerdo. Ahora sé que no es es-estoy perdido, soy un com-combatiente luchando por la jus-justicia y los derechos ciu-da-danos —dijo con voz temblorosa, alegre. Los ojos fijos en Marcos reflejaban la pasión por la vida y los sueños que volvían a renacer en su pecho, la conciencia del gozo gratuito de saberse un hombre que quiere y acepta el reto que significa estar vivo—. ¿Murió aquel mumu... chacho? ¿Lograron detenerlo? —preguntó preocupado.

—La bala le pasó rozando una pierna, fue el dolor el que hizo que cayera. Igualmente lo detuvieron como a nosotros. En el retén nos dieron palo y nos amenazaron con matarnos la próxima vez que organizáramos una revuelta en contra del gobierno. Ahora Linares es uno de los más fuertes oponentes al régimen mientras otros canallas, cínicos esbirros, decidieron arrastrarse ante los enemigos del pueblo. Con cuentos que nadie cree, tratan de convencernos de que la crisis es pasajera, que debemos agradecer lo que tenemos porque podría ser peor.

—¿Qui… quieres decir que no se ha logrado na… nada todo este tiempo?

—Jamás nos rendiremos ni perderemos la fe. Si esa sarta de cochinos sinvergüenzas continúa con el abuso que no piensen que nos quedaremos de brazos cruzados sin hacer nada. Si quieren violencia, violencia les daremos.

Sebastián fue dado de alta después de pasar largas sesiones de terapia física que lo ayudaron a controlar el movimiento de los músculos que por año y medio estuvieron sin actividad. La terapia del habla contribuyó a que expresara sus ideas y pensamientos de una manera clara y concisa. En casa lo recibieron familiares y amigos con una fiesta de bienvenida.

—¿Por qué no he visto a mi padre, por qué él no está aquí? —preguntó extrañado por su ausencia y nadie se atrevió a responder. Fue Nando, el que después de un largo silencio, decidió hacerlo.

—Como siempre el viejo se la pasa metido en su bufete, sabes lo obsesivo que es con su trabajo. ¡Ahora todo el mundo tome su copa y brindemos por mi hermano! ¡Alabío, alabao, alabim bum bam, Sebas, Sebas, ra-ra-ra.

Con el transcurso de los días, paso a paso, Sebastián fue adaptándose a la cotidianidad. Decidió retomar sus clases en la universidad y unirse al grupo de combatientes donde el cabecilla era su amigo Marcos. Como era de esperarse tuvo que conocer que uno de los nuevos miembros más importantes del gobierno era Fernando Zarcos, su padre.

—Sebas debes entender, a nuestro padre lo único que le interesa es nuestro bienestar. No comprendo por qué debe importarte como viven los demás, si gracias al viejo nosotros lo tenemos todo. Cuando el buque se hunde no queda otra que salvarse quien pueda, tenemos que golpear con el remo a los que intentan trepar al bote salvavidas. Así son las cosas hermano. Así es la vida, te guste o no.

—No puedo creer que digas eso Nando. ¿Dónde queda tu dignidad de hombre? Me das asco.

—Hijo estábamos por perder la casa y a tu padre no le quedó de otra que unirse a los fuertes. ¿Cómo crees que hemos podido mantenerte vivo todo este largo tiempo? ¿De dónde crees que salió el dinero para pagar por tu atención y cubrir tus tratamientos?

—Mamá yo no pedí que se sacrificaran por mí. Si lo hubiera sabido no hubiera despertado nunca, hubiera preferido morir.

Sebastián no pudo lidiar con la noticia, se vio a punto de hundirse mientras chapoteaba entre dos aguas. Por un lado, pretender que no pasaba nada. Seguirle la corriente a su madre, su hermano y disfrutar de comodidades a costa de la miseria impuesta al país sería igual que darse por vencido y vivir emponzoñado, con las ilusiones muertas. Por otro lado, si, como era su compromiso, continuaba batallando por la justicia, por establecer oportunidades y mejores condiciones de vida para los ciudadanos, por acabar con el abuso cobarde del poder y el despilfarro ridículo de los poderosos, si su lucha por derrocar a los burócratas enemigos del pueblo continuaba, terminaría convertido en un malagradecido y un adversario de su propio padre.

—Marcos, tú lo sabías y te quedaste callado ¿Por qué no me dijiste que mi padre formaba parte de ese grupo asqueroso de malditos? ¿Por qué no me dijiste que Fernando Zarcos era una sanguijuela?

—Te hablé de otros canallas, de cínicos esbirros que decidieron arrastrarse ante los enemigos del pueblo para decirte de tu padre, pero aún no estabas del todo consciente y no quise lastimarte. Él fue el encargado de modificar la constitución para que el gobierno se mantuviera indefinidamente en el poder, él manipuló las cosas para imponer supuestas elecciones cuyo organismo electoral está controlado por el gobierno. A causa de sus artimañas ahora el mandatario maneja el Congreso, la Corte Suprema, el Banco Central y casi la totalidad de la economía productiva del país. Ahora que lo sabes podemos planear otras estrategias de combate que dejen fuera a tu padre.

—No existen otras estrategias para detener la corrupción, el abuso y la opresión que el uso de la violencia. Aunque sea mi padre no me queda otro remedio que destruirlo. Voy a matarlo o tengo que matarme, esa la única salida porque no soporto seguir vivo con esta horrible punzada en el pecho. "Vencer o morir" compañero, "Vencer o morir".

Esa noche, después de conversar con Marcos, Sebastián no pudo conciliar el sueño. Sentimientos encontrados lo llevaron a ir al bar y tomarse una copa de coñac. ¿Qué tal si me emborracho hasta el olvido? ¿Qué tal si de un botellazo en el coco entro otra vez en coma?, se preguntó una y otra vez sintiendo que una pasión tan salvaje como la pasión del desprecio, la ira y la venganza anidaban en su alma. De un trago se metió el licor en el cuerpo. Insomne salió al jardín a mirar la noche. ¿Por qué los humanos no tenemos la habilidad para amar a los demás? ¿Por qué la ambición y el egoísmo nos dominan? ¿Cuándo aprenderemos a respetar los derechos de nuestros hermanos? Con estas preguntas a las que no encontraba respuestas regresó a su cuarto para preparar el arma con la que pondría fin a la vida de una rata miserable. Al amanecer se quedó dormido recordando que a las dos de la tarde había señalado la cita para hablar con su padre en su oficina privada.

Fernando Zarcos lo esperaba en la puerta de su oficina. Contento de verlo lo abrazó y besó en una mejilla.

—¡Judas! —exclamó Sebastián borrando el beso con la mano y Fernando se preparó para ser juzgado y condenado. Fue a sentarse tras el escritorio.

—Fernando —no le dijo padre— nos enseñaste a mi hermano y a mí, a ser honestos, valerosos, a creer en la justicia, a hablar con la verdad y nos fallaste, me fallaste. Eres un farsante, un cobarde, un esbirro, una rata. Sabías de mis ideales, de mi compromiso con la gente y sin ningún respeto te has burlado de mí y de todo un pueblo. Me repugna saber que eres mi padre ¿Cómo puedes dormir en las noches? ¿Cómo puedes vivir contigo mismo? ¡Dímelo, dímelo porque no lo comprendo! —dijo indignado, recriminado la infame actitud del padre.

—Hay cosas que no tienen explicación, eres lo que eres. A mí la indigencia y la falta de ambición me repugnan. Tú ves la bondad en esos apestados porque eres un idealista empedernido y no te das cuenta de que esa gente pide a gritos ser explotada para sentir que tienen algún valor en esta vida. Nosotros lo único que hacemos es aprovechar esa condición humillante y lastimera. Voy a hacerte una confesión, quería que abandonaras esas luchas estúpidas dedicadas a ayudar a quienes nacieron perdedores. Aquella tarde que quedaste en coma fui yo el que ordenó que disolvieran esa payasada, yo el que pidió que te apresaran. Quería asustarte y darte una lección, pero las cosas salieron mal.

Podría decirte que me uní a las fuerzas del poder para solventar los gastos de tu accidente, como les he hecho creer a tu madre y a tu hermano, pero la verdad es que siempre he empujado para que este gobierno tomara las riendas y ser yo uno de los que pusieran las cosas en su puesto. Como deben ser. Te amo Sebas y me duele ver que participas en el bando contrario, en el bando de los perdedores.

Sebastián movió la cabeza en desacuerdo y sin decir palabras sacó el arma y apuntó a la cabeza de su padre.

—Sebastián, hijo, te amo, te amo más que a mi vida y no quiero ver que hagas una barbaridad. Si me matas te meterán preso y antes de eliminarte te someterán a toda clase de torturas. Los verdugos del gobierno son sanguinarios, expertos in infligir dolor y desesperación, tanto que sus víctimas enloquecidas desean no haber nacido y llegan a quitarse la vida con sus propias manos. Aunque no lo creas quiero que sepas que los momentos más hermosos de mi vida fueron ver a ti y a tu hermano llegar al mundo y recibirlos en mis brazos. Sebas no me perdonaba perderte por mi culpa, por un simple error. No te imaginas lo feliz que me hizo saber que saliste del coma. Ojalá que ahora puedas darte cuenta de que en esas revueltas en las que andas metido no tienen sentido, que esos infelices que insisten en defender no aprecian tus esfuerzos porque son unos animales sin alma ni conciencia. El tiempo me dará la razón y podrás convencerte de que esas ratas están contentas viviendo en las condiciones en que viven, que no anhelan nada y que siempre serán unas ratas. Ahora dame esa arma. No destruyas tu vida por querer cambiar lo que no es posible alterar, tienes mucho que hacer con ella. Dame el arma.

—Escuchando lo que dices comprendo que nada conseguiré sacándote del camino Fernando Zarcos porque otros iguales o peores que tú ocuparán tu puesto. Pero puedo hacer algo diferente— dijo el muchacho apuntado el arma a su propia cabeza—. Matándome lograré que por lo menos uno, tú que dices amarme, se dé cuenta de que la lucha continúa y que estamos decididos a morir antes que ser vencidos —dijo el muchacho con una sonrisa de triunfo en los labios y de un solo tiro se voló los sesos.

## LA MAGIA DE JONATHAN

Cuento finalista del Certamen
Los mundos Posibles,
Nueva York, NY 2012

*Siempre me han preocupado estos jóvenes*
*cuyos ojos están destinados a la belleza,*
*pero también al infortunio.*
ERNESTO SÁBATO

La señora Mieses conoció a Jonathan el quinto día después de haber empezado las clases y sabiendo como eran los estudiantes creyó que era mucho mejor que el muchacho llegara el quinto día y no cinco días antes de terminar el semestre como hacían muchos trúhanes confiados en que aún podían pasar el curso.

En sus casi treinta años enseñando Historia Universal, la señora Mieses había compartido con cientos y cientos de adolescentes que ya estaba curada de espanto. Sapos, lagartijas, culebritas, almohadas que echaban pedos, huevos podridos, eran para ella cositas triviales. Estaba segura de que los muchachos podían traerle al diablo en persona, con cachos, rabo y hediendo a azufre que de una oreja lo sacaba de patitas fuera del salón.

*Muchachos, muchachos del carajo, siempre haciendo de las suyas, llevándose al mundo por delante sin temor a nadie ni a nada. Bueno, sólo una vez se es joven,* se repetía a sí misma mirándolos con cierta melancolía parecida a la nostalgia.

Cuando sonaba la campana y los estudiantes cambiaban de aulas, la señora Mieses parada en la puerta de su salón los animaba a entrar. En bandadas y cada cual más estrafalario que el otro, los muchachos cruzaban por los pasillos sin ninguna prisa por llegar a sus próximas clases. Los jóvenes parecían payasos sacados de un circo o, peor aún, harapientos pordioseros con los pantalones rotosos dos o tres tallas más grandes que la correcta, con las hueveras en las rodillas, tatuajes en los brazos, en el cuello, en la nuca, y argollas en las orejas, en la nariz, en la lengua, en las cejas y sabe Dios en que otras partes del cuerpo. Todos hablaban a la misma vez y reían inconscientes de la disciplina, totalmente sordos a las amenazas del señor Dossantos, el director, que desgañitándose gritaba por los altoparlantes: *Si al llegar a uno no están en sus salones tendrán detención al fin del día. 10, 9, 8, 7, 6…*

La maestra Mieses a veces reía divertida y otras desaprobaba los comentarios de los maestros cuando aseguraban que la nueva generación estaba perdida, que los jóvenes no tenían idea de lo que era el respeto y la moral, que nunca llegarían a ningún lado y peor estos muchachos hispanos creciendo en las calles de New York, malamente copiando modas y vicios. *¡Vaya! Como si fuera fácil. Como si el mundo al que a estos chicos tienen que enfrentarse no fuera una mierda, cochino y convulsionado.*

—Les apuesto que Thomas pertenece a los Trinitarios y Jason a la Mara Salvatrucha, llevan el mismo collar de los gangueros —aseguró el maestro de Ciencia.

—Willy se pasa el día entero rapeando y no presta atención a los maestros. Se cree que es Daddy Yankee o Pitbull —se quejó la maestra de español.

—Seguramente que David y Kevin venden drogas por las noches, o quizás la consumen ¿Han visto como apenas pueden mantener los ojos abiertos en clases? —intervino el maestro de Matemática.

—¿Y qué me dicen de Kathy? Esa que los compañeros apodan Kim Kardashian. ¿En qué terminará esa muchachita? los chicos le agarran el trasero y ella de lo más contenta —se lamentó el maestro de Arte.

*¡Santo cielo! Casi tres décadas oyendo las mismas vainas. Nadie les da crédito a estos muchachos, nadie tiene fe en que algo bueno pueda sacarse de ellos, que terminen la escuela secundaria, peor aún que hagan estudios superiores y lleguen a ser exitosos.* La señora Mieses muchas veces estuvo tentada de abrirles los sesos para recordarles los buenos tiempos cuando ellos fueron jóvenes y menearon el rabo a toda máquina con Elvis Presley, con James Brown o Mick Jagger, inhalaron humo, probaron hongos, ácidos y orgullosos de ser hippies mostraron el trasero en nombre de la paz y el amor. *Parece que el cerebro se nos va estrechando*

*mientras los años se van alargando, o con la vejez nos volvemos unos resentidos, remilgosos y latosos.*

Esa mañana, el quinto día de clases, los estudiantes escuchaban atentos las instrucciones de la maestra Mieses. Por lo menos eso parecía, ya que todos la miraban sin decir una palabra. Por experiencia la señora Mieses sabía que ese comportamiento maravilloso duraría un par de semanas hasta que chicos y chicas se hicieran amigos y echaran a perder la disciplina con risas, secreteos, papelitos bajo las mesas, avioncitos atravesando el salón, comentarios fuera de lugar y palabrotas de grueso calibre.

La clase de la señora Mieses comenzaba a las nueve y cuarenta y cinco, el tercer período del día escolar. Desde el primer día la maestra estableció las reglas a seguir en su salón y enfatizó la puntualidad como punto importantísimo.

—No voy a aceptar excusas. Cinco minutos después del timbre se convertirán en veinte minutos de detención después de las clases. Es una falta de respeto entrar e interrumpir la lección. No estoy dispuesta a repetir una sola palabra —dijo sin dar lugar a protestas.

Eran las diez, o sea quince minutos más tarde, cuando un muchacho flaco, de mediana estatura y pelo ensortijado abrió la puerta preguntando:

—¿Es ésta la clase de Historia 1?

Todos se echaron a reír al ver la cara avinagrada por el enojo de la señora Mieses ante la desfachatez del nuevo estudiante que sin esperar una respuesta y peor una invitación de lo más tranquilo fue a sentarse en la última fila.

—Jovencito ¿cómo te llamas? —preguntó la maestra Mieses acomodándose los lentes sobre la nariz.

—Mi nombre es Jonathan Morales —contestó el muchacho levantándose del pupitre, y haciendo una venia profunda preguntó: —¿Y el suyo maestra? —logrando así otra carcajada de los compañeros que no necesitaban de mucho para desordenarse.

—Jonathan, en mi clase no se permiten atrasos ¿Te das cuenta el revuelo que has causado con tu tardanza? No solamente llegas cinco días después de comenzado el semestre, sino que además llegas tarde a tu primer día. Esta clase comienza a las nueve y cuarenta y cinco, ya tienes quince minutos de retraso. Mira la hora que es.

La clase entera miró al enorme reloj en la parte superior de la pizarra junto a las diversas gráficas de Egipto, Mesopotamia, Grecia y Roma. Las manecillas negras del reloj marcaban exactamente las nueve y cuarenta y cinco. Maestra y estudiantes checaron sus relojes pulsera al ver que el enorme reloj se había descompuesto y no había avanzado un minuto desde que empezara la clase.

—Miss Mieses son las nueve y cuarenta y cinco, —dijo Katherine con una sonrisa pícara mirando al nuevo compañero.

—De acuerdo con lo que indica el reloj, Jonathan llegó a tiempo —corroboró Ricky.

—¡O-D *fucking shit*! —exclamó Tony usando el vocabulario cochino muy en boga entre los jovencitos, copiado de las comedias televisivas.

La señora Mieses sin comprender que había pasado con los relojes, se dijo a sí misma que a su clase había llegado un muchacho con problemas que le causaría dolores de cabeza. *Caramba, esto sí que no lo sabía. Ahora no solamente tengo que aprender cómo usar la jodida computadora sino los nuevos trucos de estos sinvergüenzas,* pensó contrariada y para que los jóvenes no se dieran cuenta de que el incidente la había dejado perpleja, con toda la calma de la que era capaz amonestó a Tony por usar palabras soeces, ofensivas e inapropiadas en el salón de clases. Luego continuó explicando la lección mientras señalaba en un mapa los pueblos alrededor del Tigris y el Éufrates.

Jonathan resultó ser un estudiante preocupado por aprender a pesar de parecer que su cabeza andaba volando al otro extremo de la vía galáctica. Al verlo distraído, en más de una ocasión la maestra quiso agarrarlo desprevenido y bajarlo de Pluto o Saturno.

Jonathan ¿Puedes explicarnos por qué se llama "La Medialuna Fértil" a los pueblos mesopotámicos? Jonathan ¿Quién fue Hammurabi? Jonathan ¿Qué significa la palabra monoteísmo? Y sorprendiéndola el muchacho daba las respuestas correctas.

Con el pasar de los días la señora Mieses se encariñó con el talentoso jovencito, pero al mismo tiempo estaba preocupada. Sospechaba que Jonathan escondía una historia tremenda detrás de esa actitud despreocupada y esos ojos tristes de mirada perdida.

Un día la señora Mieses pasó por el comedor de los estudiantes. En una esquina los muchachos aplaudían a Jonathan que parado sobre una mesa hacía levitar papeles del piso y de la manga de su camisa sacaba pañuelos de colores amarrados en las puntas que se extendían sin fin.

—Maestra quiero ser mago —dijo Jonathan una mañana al entrar al salón, mostrándole un libro de trucos y sortilegios.

La señora Mieses estaba encantada de los cambios que Jonathan produjo en su clase. Los muchachos estaban prestos a cooperar y trabajar en clase sabiendo que en los últimos cinco minutos Jonathan les presentaría una nueva triquiñuela aprendida en el libro de magos. Aquellos estudiantes "problema," que la ponían a tragar bilis y por cuya culpa sufría de presión alta e insomnio, empezaron a cambiar como por arte de magia.

Tony, uno de los "indeseables," era un muchachito maleducado y grosero. Su boca semejaba un chiquero por las cochinadas que salían de ella. Cada cinco minutos maldecía tanto en español como en inglés: *¡Oh shit! Fucking fuck! ¡Mama huevo pendejo!* Tony no volvió a decir palabrotas desde que Jonathan hiciera saltar de su boca un asqueroso sapo y amenazara con sacarle una culebra la próxima vez que dijera vulgaridades.

En cuanto a Daniel, otro de los causantes de sus canas verdes, no volvió a copiar en los exámenes cuando los "chivitos," —papeles donde tenía las respuestas— le saltaran de las manos y volaran como mariposas por el aire.

Jonathan tuvo dificultades en la clase de inglés. El señor Jones descubrió que, en vez de leer *Hamlet* por quince minutos, como debía hacerlo cada día, el muchacho sentado en la última fila distraía a otros dos compañeros haciéndolos sacar cartas de un mazo de naipes. El estricto maestro shakespeariano no comía cuentos de nadie y arregló una conferencia con los padres del muchacho en la oficina del señor Dossantos, el director de la escuela.

La señora Mieses se sintió moralmente obligada a asistir a la reunión para abogar por Jonathan si el caso lo requería. Cuando el maestro Jones presentó las quejas, el padre del muchacho vociferó voz en cuello.

—No tienen que decirme más, esto lo arreglo yo hoy mismo. Jonathan, ya sabes lo que te espera en casa, —dijo encima del joven mientras el muchachito y también la madre miraban al piso sin atreverse a levantar la cabeza.

—Jonathan no ha cometido ningún delito para que usted lo amenace de esa manera, —se atrevió a decir la señora Mieses sintiendo desprecio por aquel sujeto vulgar y grosero que era el padre del muchacho. Jonathan levantó la cabeza, miró al hombre y en sus ojos la maestra leyó odio y unas ganas tremendas de venganza. Lo que no pudo ver fueron las escenas que pasaban por el cerebro del adolescente.

En la casa de los Morales, fuera de la habitación de Jonathan, la madre, apocada y sin voluntad, lloraba apretándose las manos sin atreverse a mover un dedo mientras escuchaba los gritos del hijo. Todos los años que había vivido al lado del agresivo marido la habían convertido en una marioneta sin voz ni voluntad. A trompadas, patadas, amenazas e injurias la mujer había aprendido a no protestar y dejar que el hombre abusara de ella y del hijo. Dentro, desnudo y boca abajo sobre la cama, Jonathan recibía latigazos en la espalda que el hombre le atizaba con el cinturón que a propósito había sacado de sus pantalones. Luego, el muchacho soportaba la peor de las vejaciones que un chiquillo, que un ser humano, podía sufrir. El abusador le abría las nalgas penetrándolo sin ninguna compasión.

Al día siguiente, Jonathan, sentado atrás en el aula, se mantuvo quieto y mudo todo el período. Al sonido de la campana los estudiantes como siempre salieron del salón alborotados, entonces la señora Mieses se acercó al muchachito y le palmoteó la espalda tratando de animarlo. Jonathan hizo una mueca de dolor sin decir palabras y la maestra adivinó lo sucedido.

—Hijo, si te han hecho daño tienes que decírmelo. Juntos vamos a denunciarlo y las autoridades se encargarán de castigar al culpable —dijo con el corazón apachurrado por la pena y la rabia.

—No se preocupe maestra, no es nada, no pasa nada —aseguró Jonathan haciendo una señal a Katherine para que lo esperara.

El semestre estaba a dos meses por finalizar cuando Jonathan le confió a la profesora que estaba practicando uno de los trucos más difíciles y cuando lo lograra, de seguro esfumaría la escuela, igualito como David Copperfield lo había hecho con la Estatua de la Libertad. La señora Mieses rio encantada diciéndole: No Jonathan. Por favor, la escuela no.

Un día en los noticieros se dio a conocer que un tal Ludovico Morales había desaparecido por casi dos semanas y la policía estaba realizando las investigaciones necesarias. Según los informes, la esposa fue la última persona en verlo con vida. Ella aseguraba que en la mañana del incidente cuando se despertó no encontró al marido en su cama y supuso que el hombre había salido de casa antes de que ella se despertara. Lo sorprendente era que se fuera en pijamas y no llevara consigo ninguna de sus pertenencias, ni siquiera la billetera que todavía estaba sobre la mesita junto a la cama.

Uno de los estudiantes trajo el recorte con la foto que apareciera en los periódicos.

—Maestra, mire, es el papá de Jonathan, el hombre que la policía anda buscando, —y con una tachuela pegó el recorte en la pared.

El mismo día, dos policías llegaron a la escuela y se llevaron a Jonathan para interrogarlo. Todos en la escuela estaban pendientes a los últimos informes. Los compañeros curiosos asediaban a Jonathan con preguntas y suposiciones. ¿Es que tu papá tenía asuntos pendientes con la ley? ¿Mató a alguien y por eso escapó? ¿Se fue con otra mujer? ¿Por qué no estás triste?

Después de tres semanas los medios de información dieron a conocer que, según el reporte policíaco, el señor Morales seguía desaparecido y temían que hubiera sido asesinado. Las autoridades continuaban con la búsqueda de la posible víctima.

Una semana antes de que acabara el semestre, exactamente un jueves, Jonathan llegó a la clase de Historia 1, quince minutos tarde. Al verlo entrar maestra y compañeros miraron el gran reloj en la pared sabiendo que marcaría las nueve y cuarenta y cinco. Todos, incluida la maestra, soltaron la carcajada. Jonathan caminó entre los estudiantes, sacó una moneda de la oreja de Sammy, un ramillete de flores rosadas de las manos de Katherine, del bolsillo de su roto blue-jean extrajo un mazo de barajas y en círculo las hizo volar por el salón. Luego, Jonathan se paró junto al escritorio de la maestra pidiendo que le entregara el grueso libro de Historia Universal que en ese momento ella sostenía entre las manos. El muchacho lanzó el libro hacia arriba haciéndolo desvanecer en el aire con un chasquido de dedos y con un guiño preguntó:

—¿Maestra, vio como logré hacerlo desaparecer?

—Ya sé que lo conseguiste muchacho. Todos lo vimos. El libro se esfumó como el humo. ¡Jonathan, eres un mago! —La señora Mieses salió detrás de la mesa y con una sonrisa de complicidad abrazó al estudiante.

Dos días antes de que terminara el semestre, exactamente durante los últimos cincos minutos del tercer período, el señor Dossantos hacía su acostumbrado recorrido por los pasillos. El director llegó hasta el salón de clase de la señora Mieses y se sorprendió de que del aula no salieran ruidos, menos aún las voces de los estudiantes quejándose por cualquier cosa, buscando pretextos para empezar una trifulca o inquietos por salir corriendo antes de que sonara el timbre de salida de clases. Intrigado miró a través del pequeño vidrio en la puerta comprobando que dentro los muchachos estaban inmóviles, como hipnotizados. Curioso, de un sopetón abrió la puerta y pudo ver como la señora Mieses y sus muchachos embobados miraban a Jonathan que parado tras el escritorio de la maestra soplaba sobre la esfera terráquea y del mundo brotaban palomas.

## LOS MALDITOS PLACERES DEL SEÑOR

*Dios es un comediante actuando frente a una audiencia que teme reírse de sus bromas*
VOLTAIRE

*Le toma tiempo a una persona naturalmente creyente aceptar la idea que después de todo Dios no va a ayudarlo.*
H.L. MENCKEN

—No me salgas con esas vainas compadre. Ya sé que tu familia viene de tierras bíblicas, pero es inaudito que a tu edad y con tu formación científica sigas creyendo en pamplinadas. Insistes en declarar que el pueblo de tus ancestros fue escogido por el Señor. ¿Y escogido para qué? ¿Para joder al resto del mundo con sus calamidades y lloriqueos? O para tener a quien fanfarronear sus carnicerías, sus abusos, sus atropellos y luego reírse en sus narices.

—Andrés, tú no comprendes porque eres ateo. Vives y vas a morir como cualquier gusano sin reconocer su grandeza y bondad.

—Jacobo, lo que pasa es que te dejas llevar por las tradiciones de tu gente. Yo no creo en zeus, alá, la vaca, shiva o satanás. Cuando analices los motivos por los que tú tampoco crees en esos posibles dioses entonces comprenderás porque yo desdeño a ese dios grande y bondadoso en el que te empeñas en adorar. Ubícate. Somos médicos ¿qué puede importarnos un dios más, un dios menos cuando nuestra misión es ayudar a estos infelices condenados a sufrir y morir?

—El Señor es justo. Los sufrimientos son pruebas necesarias para que luego podamos reconocer su infinita piedad. Si recibimos las cosas buenas de dios por qué no recibir las malas también.

—Qué extraña idea de lo justo. Esa clase de justicia no me convence. No veo por qué tiene que poner a prueba a nadie, lo que pasa es que tu dios es una bestia, está loco de remate o simplemente es un maldito aburrido que para divertirse juega con sangre. Allá tú Jacobo y tu dios bondadoso, ese que desde el principio del cuento ha matado a miles sin pensar en los inocentes. Inocentes como los niños que durante el diluvio quedaron fuera del arca, como los niños que achicharró en Sodoma y Gomorra, o como los otros miles que fue matando aquí y allá por el solo placer de mostrar que era poderoso y podía hacer su regalada voluntad. Yo no me fiaría en un maldito loco como ése que tú llamas el Señor. Un día de éstos te pasa algo terrible, que la vida no quiera, y entonces veremos si es verdad que ese fanfarrón se acuerda que eres uno de los elegidos.

Andrés y Jacobo mantenían conversaciones como éstas en sus momentos de descanso, mientras comían un sándwich y tomaban una bebida. Meses atrás habían terminado los estudios de medicina y ahora se desempeñaban como residentes en el centro de traumatología en un hospital de la ciudad.

Aquel día en que sucedieron los lamentables hechos, Andrés y Jacobo, como parte del protocolo y la rutina, discutían sobre el estado de los distintos pacientes bajo su cuidado con otros tres colegas en la unidad.

Cada una de las catorce personas que en ese momento recibían atención médica tenían graves problemas de salud. No había uno que por una u otra razón no estuviera partido o hecho una miseria. Durante el choque contra un poste del alumbrado eléctrico, mientras conducía en estado de embriaguez, el joven en la cama uno no sólo había perdido ambas piernas, sino que el golpe en la cabeza lo tenía en coma. El paciente de la cama dos había atentado contra su vida, la hinchazón del cerebro que le produjo la bala que se disparó en la cabeza lo mantenía al borde de la muerte. El de la cama cinco había caído de un árbol resultando con la cabeza, los brazos y las piernas rotas. El de la seis estaba en condiciones semejantes después de recibir una paliza de parte de un grupo de matones. La paciente en la cama siete apenas si lograba respirar gracias a la ayuda de una máquina a causa de la embestida que sufriera con un vehículo motorizado de parte de la mujer de su marido. Escapando del fuego el paciente de la cama nueve se había lanzado al vacío desde un piso nueve y ahora, envuelto en gasas, parecía una momia. La paciente de la cama diez, asistente en el aseo de las caballerizas de una cuadra, tenía el cráneo y las dos piernas partidas al recibir varias coces de parte de una de las bestias. El enfermo de la cama trece parecía haber sido atropellado por una locomotora en vez de haber recibido el impacto de la bolsa de protección cuando ésta se desplegó en el carro que conducía. El golpe de la explosión del nitrógeno en la bolsa le había lacerado la cara, fracturado la nariz, tres costillas, el esternón y producido complicaciones cardiacas y pulmonares.

—El paciente de la cama dos tuvo suerte, gracias a que la bala no tocó la base del cerebro o el tálamo que como sabemos son estructuras cruciales para controlar la respiración y los latidos del corazón —comentó el doctor Trelles, uno de los médicos residentes encargados de la unidad.

—Esperemos que las complicaciones se reduzcan ahora que le removimos parte del cráneo y el cerebro con la inflamación tendrá más espacio donde expandirse —añadió Jacobo.

—Debido a los daños en la garganta, el paciente con quemaduras en la cara debe continuar recibiendo el oxígeno a través del tubo en la tráquea, igualmente los fluidos intravenosos para prevenir la deshidratación y la falla de órganos —fue la recomendación de Andrés.

—El de la cama trece está reaccionando favorablemente. Que el técnico le haga unas placas para comprobar en qué estado están los pulmones —dijo el que parecía ser jefe de la unidad.

Los criterios, recomendaciones y planes de acción para cada caso continuaron su curso normal, luego los cinco doctores se dedicaron a hacer apuntes en sus tabletas. En el centro de control frente a las habitaciones de los enfermos Jacobo y Andrés continuaron comentando acerca del paciente de la cama dos.

—Si en vez de una pistola de mano con bala calibre 9 milímetros hubiera utilizado un arma militar el tipo se hubiera volado los sesos —dijo Andrés.

—El suicidio es errado, es el acto más grande de cobardía —sentenció Jacobo.

—Pienso que el hombre es dueño de su persona, de su propia vida, no hay nada más irrefutable en el mundo que ese derecho —contestó Andrés desganado, conociendo que sus palabras caían en los oídos sordos de un fanático.

—Sólo el Señor es dueño de la vida y la muerte y sólo a los justos les da una muerte tranquila.

—¿Quieres decir que los que mueren con dolor merecen esa muerte porque no son justos? Entonces, según tú, para tu dios, el sufrimiento del Cristo en la cruz fue una broma. Toda muerte es la maldita broma de un loco. Jacobo eres una persona brillante, un excelente profesional, pero cuando hablas así más pareces un predicador mentalmente tullido que un hombre dedicado a sanar cuerpos, a salvar vidas.

Los dos amigos estaban en esta discusión cuando se armó la trifulca. El técnico llegó con su máquina para tomar las placas ordenadas y necesitado de un tomacorriente para ponerla a funcionar desconectó el aparato que daba respiración asistida al paciente de la cama trece. La alarma sonó estridente y tanto médicos como enfermeras, desconcertados, levantaron las cabezas y apresurados llegaron al cuarto del enfermo para asistirlo. Todo intento fue en vano porque el enfermo ya había partido al otro mundo de donde no hay regreso.

—Cómo llamas a esto: ¿justicia divina, accidente o desgracia? —preguntó Andrés enojado y Jacobo bajó la mirada y no dijo ni una palabra.

Aunque no fueron los causantes directos de la muerte del paciente de la cama trece, los familiares de la víctima consideraron que Andrés y Jacobo fueron los responsables por ser los médicos residentes a cargo de la unidad. Y como los muertos no pueden pedir hacer justicia, los vivos se encargaron de hacerla.

Tres días más tarde cuando Andrés, Jacobo y Trelles se dirigían al aparcamiento en busca de sus vehículos, un individuo se les acercó y les entró a tiros. La balacera dejó a los tres médicos agujereados y bañados en sangre. El doctor Trelles murió durante el tiroteo. Andrés y Jacobo fueron trasladados a cirugías para ser intervenidos. Las heridas causadas a Andrés no fueron graves, una bala le atravesó el muslo derecho y otra le rozó la cadera del mismo lado. No así las heridas causadas a Jacobo, por coincidencia, una bala, 9 milímetros, entró por el frente y salió por detrás de la cabeza lacerándole el lado izquierdo del cerebro. Igual que al paciente suicida de la cama dos, tuvo la suerte de que el proyectil no tocara la base del cerebro tampoco el tálamo, e igualmente parte del cráneo fue removido para permitir que al inflamarse el cerebro no fuera comprimido. Después de sufrir la herida Jacobo respondió a los que le hablaban mostrando que era capaz de comprender y procesar el lenguaje. Los médicos que lo asistían se mostraron optimistas de que a pesar de la grave lesión el colega no tuviera daños permanentes.

Dos meses después, usando un par de muletas, Andrés fue a visitar a Jacobo. Encontró que el colega y amigo estaba libre del coma inducido, asimismo del tubo en la garganta, la sección del cráneo removido había sido reemplazada y aunque había ganado alguna movilidad no así la de las extremidades derechas que se mantenían paralizadas. Jacobo no veía con el ojo derecho y su habilidad para hablar era limitada. Respondía en oraciones cortas, se notaba el esfuerzo para hacerlo y la frustración que esto le causaba. Los médicos aseguraban que Jacobo recordaba el pasado remoto, había olvidado los hechos recientes y no tenía memoria de la balacera tampoco de los eventos que la causaron. Andrés contaba con la resiliencia del amigo para luchar y seguir adelante, con tal propósito y para animarlo le recordó los tiempos cuando fueron estudiantes, las dificultades que tuvieron que vencer para terminar la carrera, los logros profesionales. Quedó sorprendido cuando entre pausas Jacobo empezó a repetir las quejas registradas en la biblia y dichas por Job luego que el Señor lo redujera a una porquería, a lo último de lo último.

—En vano… se espere la luz… y no se abran… los párpados… de la aurora… por no haberme cerrado… la salida… del vientre de mi madre… impidiendo que… llegara a ver… tanta miseria.

—Jacobo no puedo creer que sigas insistiendo con esas patrañas.

—Nunca te respondí… cuando me preguntaste… qué era esto… ¿justicia divina... accidente… o desgracia?

—¿Cómo puedes recordar eso? Olvídalo.

—Es una desgracia… una maldita… desgracia —dijo y agotado por el esfuerzo cerró los ojos.

## UN MUNDO DE BESTIAS

*El infierno es la otra gente*
JEAN PAUL SARTRE

¡Acabemos con la bestia! ¡Esta perra maldita no merece compasión!

La gente enfurecida le daba patadas a la mujer que a golpes y empujones habían tirado al piso. Alguien le lanzó una pedrada y la sangre que le manó de la cabeza herida rodó por el piso confundiéndose con las aguas malolientes de los pescados y mariscos que se vendían en el mercado conocido como *La Caraguay*. Una de las mujeres que vendía camarones y jaibas se echó sobre ella y a jalones le rompió la ropa, uno de los vendedores de cangrejos se unió a la camaronera y entre los dos la dejaron desnuda. Más y más personas se unieron al cerco atraídos por los gritos de la mujer golpeada y los insultos de los atacantes.

—¡Arrastrémosla entre las piedras hasta que muera desangrada! —propuso uno de los curiosos jalándola de una pierna.

—Mejor colguemos a esta hijueputa de ese árbol y que ahí muera lentamente —insinuó otro de los presentes.

—Esa malnacida debe morir ahora mismo —a gritos dijo un gordiflón mientras se hacía paso entre los presentes llevando un enorme cuchillo en alto.

—Si, mátala y descuartízala por infame —vociferó un tipo vistiendo unos jeans y una camiseta negra.

El cangrejero y otro individuo se preparaban para jalarla cada uno de una pierna cuando alguien gritó: ¡La policía! Atacantes y curiosos despejaron el lugar en un santiamén dejando a la mujer desnuda y sangrando en el piso. Los agentes exigieron conocer las causas de este atropello y todos se miraron entre sí fingiendo no saber nada del asunto. Ninguno contestó a las preguntas de las autoridades por miedo a recibir un palazo por entrometido o bocón. Sin embargo, cuando apareció en escena una periodista y un camarógrafo detrás, de repente todos recobraron la memoria. Los vendedores se despojaron de los mugrosos mandiles, arreglaron la ropa que llevaban debajo lo mejor posible y ensayaron una sonrisa por si acaso los enfocaba la cámara.

—¿Quién de ustedes sabe quién es esta mujer y por qué fue agredida de esta manera brutal? —preguntó la periodista luego de tomar fotos a la mujer en el piso. Los policías se prepararon a tomar informes y llamaron por una ambulancia a un centro médico cercano.

—Mire señorita, estábamos como siempre haciendo nuestro trabajo honrado para llevar el pan a nuestros hijos cuando escuchamos unos gritos horribles saliendo de uno de los baños allá en parte de atrás —dijo la vendedora de camarones mirando la cámara sin apenas pestañar.

—Varios de nosotros salimos flechados, pensando que estaban matando a alguien en ese baño —intervino un comprador—. Yo fui el primero en llegar y de una patada abrí la puerta.

—Un tipo salió subiéndose los pantalones y se echó a la fuga perdiéndose entre el gentío. Nadie lo siguió porque nos quedamos aterrados al ver a la muchachita tirada en el piso desangrándose por abajo. La Fermina la llevó a su puesto de pescado para ver que podía hacer con esa rasgadura de atrás pa' delante que le hizo el fulano —intervino uno de los pescadores.

—La muchachita tendría unos diez añitos, era flaquita y desnutrida. Las piernitas parecían un par de alambres que le colgaban del cuerpo enclenque, todavía no tenía senos ni pelo en la rajita. La pobre gritaba igual que los perros cuando un carro los atropella —dijo la vendedora de camarones haciendo gestos y contorsiones tratando así de imitar los movimientos de un animal herido.

—Y todo por culpa de esa mujer infeliz que vendía el culo de los muchachitos por veinte pesos —dijo el tipo de la camiseta negra.

—Se imagina señorita. Cobraba veinte billullos para que los hombres se comieran a niños y niñas inocentes aquí en los baños del mercado. Sabemos ahora que criaturas de diez, once y doce años son usados para la prostitución por esa mujer.

—Cobraba treinta si la criatura era coquito. Para convencerlos le daba diez si era la primera vez y cinco a los que ya había cebado.

—¿Saben quién es ella y dónde vive? —preguntó uno de los agentes de la policía.

—Todos la conocemos. Ella es la Sagrario Sangurto, vende conchas, ostiones, almejas y mejillones —informó el vendedor de cangrejos sin apartar los ojos de la cámara—. Y vive en el mismo barrio donde vivimos casi todos nosotros. Aquí cerca en el barrio Manglarcito.

La periodista ordenó apagar la cámara para pedir a los hombres de primeros auxilios que junto con la mujer golpeada llevaran a la niña ultrajada a la que Fermina, la vendedora de pescados, le había cubierto las partes violentadas con varios trapos empapados con aceite de bacalao.

—Queremos que se haga justicia, que metan a la Sagrario en la cárcel para el resto de su vida —exigió el vendedor de pulpos y calamares envalentonado por la presencia de la periodista.

—Esa maldita tiene que pagar por lo malo que ha hecho a esos niños.

—Si, que pague. Esto no puede quedar así. Cuando salga del hospital tienen que encerrarla.

—Justicia, justicia, justicia —gritaron enfurecidos todos los presentes.

—¿Alguien vio al fulano que salió del baño? ¿Alguien ha visto a los tipos que semanas o meses han entrado a los baños luego que la Sagrario Sangurto dejaba a niños o niñas ahí dentro? ¿No creen que esos hombres también son culpables y merecen el castigo? —preguntó la periodista.

El silencio se apoderó del mercado. Todos bajaron la cabeza tratando de ocultar la mirada, evitando así que sus ojos delataran lo que pasaba por sus mentes. El hombre de la camiseta negra cubrió con una mano la mordedura que la niña le había hecho en un brazo en intentos de defenderse del ultraje. El gordiflón recordó las repetidas veces que pagó los veinte pesos por disfrutar de un chiquillo. La vendedora de camarones sintió que las manos le quemaban con los cinco billetes que recibía por cada muchacho que ayudaba a convencer para ir al puesto de ventas de la Sagrario Sangurto. El vendedor de pulpos pensó en su pequeña hijastra a la que manoseaba cada vez que la madre se ausentaba. Uno de los agentes de la policía vislumbró el cuarto donde llevaba a los incautos utilizando su autoridad como representante de la ley. El otro gendarme sintió que el arma que llevaba en el cinto echaba fuego, con esa pistola había herido a gente y animales indefensos por el solo placer de ver sufrir a los demás. El camarógrafo mentalmente enumeró las fotos indecentes y comprometedores que captó de chiquillas y mujeres para luego chantajearlas a cambio de dinero o sexo. La periodista percibió un olor nauseabundo saliendo de su cuerpo al pensar en aquel perro que usaba para excitarse. Más de un comprador se vio llegar al mercado por mariscos, un pescado o un atado de cangrejos como pretexto para ir al baño en busca del placer enfermizo y dañino.

Esa noche mientras escuchaban las novedades del día y miraban las imágenes sobre el caso ocurrido en el mercado *La Caraguay* presentadas en el noticiero de las nueve de la noche, igual que los vendedores de mariscos y pescados captados por la cámara televisiva, los televidentes reclamaban castigo para la Sagrario Sangurto.

¡Denle cárcel de por vida a esa rata inmunda! ¡Mátenla por sucia! ¡Esa jueputa es una maldita bestia!

## CONFABULACIÓN

Cuento ganador del Concurso Literario
"Textos de la Peste"
de la Casa de la Cultura Ecuatoriana
Núcleo del Guayas, Guayaquil, Ecuador, 2021

*Lo importante es*
*mantener a la población en estado de continuo miedo,*
*por lo que las noticias se contradicen de un día para otro...*
GEORGE ORWELL

—Abuela cuando eras una jovencita ocurrió un evento dramático mundial. Cuéntame ¿por qué razón y cómo lograron recluir en sus casas a miles de millones de habitantes? —pregunta mi nieto. Me sorprende su curiosidad cuando aquel incidente tuvo lugar en una época remota, mucho antes de que su padre naciera. Había transcurrido algo más de seis décadas desde que ocurrieron los hechos, ya nadie recordaba la pandemia y si alguno la recordaba no se atrevía a mencionarla. Hacerlo sería cosa de necios, convertirse en enemigos de la razón y sufrir graves consecuencias. Sesenta y pico de años más tarde el mundo era muy distinto al que habíamos conocido, los entendidos de la época actual insistían en repetir que la sabiduría y la cordura se habían entretejido trayendo como consecuencia la armonía y la felicidad. Se había comprobado que la libertad era una condición primitiva falta de organización y regulaciones propia de las razas salvajes. Los estados de brutalidad y desorden eran cosa del pasado.

—Un día comenzaron a circular historias ridículas, bizarras, disparatadas. Entonces el uso de la razón era limitado, los humanos, por lo general, tomábamos cuentos, mitos y leyendas como la verdad absoluta. Como era usual se culpó a un animal para disfrazar la realidad. Así como se dijo que fue una serpiente la que incitara a una mujer a descubrir el engaño del Paraíso Terrenal, una paloma la culpable de la infidelidad cometida por una virgen, las pulgas de una rata las transmisoras de la peste bubónica, en aquellos días se reportó que un murciélago infectado que un chino comió fue el que desató la pandemia de un virus letal. Cogidos en falta, un gobierno responsabilizó a otro y entre muchos dimes y diretes salió a la luz que el virus fue manipulado en el laboratorio de una ciudad china. Del Asia el mal pasó a Europa y luego se propagó por todo el mundo. Se reportó que, principalmente, en los pequeños países de Latinoamérica por no contar con recursos sanitarios suficientes, tampoco equipos necesarios, los muertos se recogieron como racimos por las calles.

—¿Quieres decir que fueron un virus y el miedo al contagio los que hicieron que la gente se enmascarara y refugiara en sus casas?

—Se utilizó el miedo para paralizar al planeta porque del virus jamás tuvimos una clara explicación. Los mismos científicos no sabían clasificarlo o tratarlo. Todo era muy confuso, opiniones y datos se contradecían de un momento para el otro. El virus fue catalogado como una gripe severa y siendo mortal, asombrosamente, la mayoría no mostraba síntomas. A pesar de los miles de muertos reportados se aseguraba que no teníamos nada que temer porque la situación estaba bajo control. Se recomendaba no ir a los hospitales porque estaban abarrotados de enfermos y de esta manera evitar el peligro de contagio, sin embargo, si el enfermo no iba al centro de salud podía morir en casa. Algo muy curioso era conocer de los miles de muertos en países donde la cuarentena era obligatoria y al mismo tiempo de los poquísimos casos de fallecidos en países donde el confinamiento no era requerido. Se reportó que no existía una forma de inmunización segura contra el virus. Aun así, a sabiendas de los resultados poco confiables de la inoculación aceptamos no sólo una vacuna sino varias porque el virus mutaba de un momento al otro y la información distorsionada nos hizo creer que de alguna manera estaríamos a salvo. Llegamos a un estado de paranoia colectiva tan intenso que nos llevó a consentir, la mayoría voluntariamente, el implante de un microchip IDRF (identificación de radio frecuencia). Aquellos que se negaron al proceso sencillamente dejaron de existir para el gobierno, cesaron de ser ciudadanos, perdieron el derecho a poseer un certificado de nacimiento, un número de cédula, cuenta bancaria y dinero. Sin un microchip era lo mismo que no haber nacido. No puedo explicarte que pasó o como lo hicieron, pero con el paso del tiempo se aniquilaron lo que se consideró las partes sobrantes de los casi ocho mil millones de habitantes que éramos entonces. El miedo, la ignorancia y la credulidad tuvieron el mismo, o quizás peor efecto que la pandemia.

—¿Me dices que ocho mil millones de personas poblaron el planeta? Hoy somos menos de la mitad y todavía se cree que somos demasiados.

—El planeta estaba superpoblado, los recursos eran limitados y como consecuencia el modelo económico cayó en quiebra. El poder global encontró la manera de poner en marcha un plan brutal, inhumano y maquiavélico para solucionar el descalabro mundial. Suena como una locura afirmar que la pandemia fue esa solución. ¿Cómo se explica que las Fundaciones Rockefeller, Bill Gates y miembros de la élite anónima, financiaran la lucha para combatir la enfermedad, crear la vacuna y el microchip años antes de que el virus se presentara?

¿Cómo se justifica que un año antes el "profeta" Gates participara en un simulacro del brote de una "severa pandemia" a nivel mundial? ¿Por qué motivos Obama, el "salvador del mundo" declaró que debíamos estar preparados y elaborar una infraestructura, no sólo en casa sino global para responder a una pandemia de manera rápida y eficaz?

—¿Estás insinuando que la pandemia fue utilizada como un arma de destrucción masiva sin considerar que esas muertes fueron necesarias para beneficio de muchos? ¿Acaso no te alegró ser una sobreviviente y atestiguar el renacer de la Tierra cuando todos esos miserables gusanos desaparecieron? ¿Te atreves a sugerir que el microchip que hoy todos los ciudadanos llevamos es un instrumento de vigilancia?

—Hablaba de teorías que se barajaron en aquellos tiempos. Tú no puedes entender y eso me causa tristeza. Perteneces a este nuevo mundo que considera que la gente de mi generación sufría de imaginación, de libertad para pensar y expresarse, derechos, privilegios, que hoy son vistos como enfermedades que finalmente pudieron erradicarse.

—Es absurdo lo que dices cuando todos sabemos que el origen del derecho es el poder. ¡El derecho es un atributo del poder! Pensar que yo pueda tener un derecho sobre el Estado es ridículo, ¡eso sería como decir que un gusano y una persona valen igual!

—No sé cómo ni en qué momento convirtieron a los jóvenes en fragmentos, piezas de la gran maquinaria, inconscientes de sí mismos. Quizás fue efecto de la radiación producida por las frecuencias electromagnéticas de ciertas torres que se instalaron por todo lado o la alienación a la que niños y adolescentes fueron sometidos a través de juegos electrónicos y la diaria propaganda en todos los medios de comunicación sobre un nuevo mundo de bienestar y libertad. Ya conocíamos el poder de manipulación que tenía el discurso ardiente y persuasivo, el mismo que utilizó Hitler, un personaje que tu generación desconoce, para convencer a millones de gente racional a participar en actos horribles y tratar de aniquilar a una raza completa. Sea lo que fuera, los poderosos, esa élite secreta y perversa que controla el mundo, lograran que la gente del presente considerara la individualidad y la consciencia del yo como desperfectos, consiguieran que millones de cabezas pensaran lo mismo, que millones se sintieran felices de ser parte del rebaño, orgullosos de haber alcanzado el paraíso donde los deseos, las rebeldías, el amor, la confianza en los demás, desaparecieran. Esa maquinaria maldita logró que las nuevas generaciones se sintieran honradas de pertenecer al nuevo mundo donde todos por igual son los bendecidos siervos del Estado.

—Abuela, eres peligrosa para la estabilidad y organización del Nuevo Estado. Tus ideas y suposiciones malsanas son lo mismo que un microbio capaz de infectar la sociedad y destruir el estado de felicidad y armonía que hemos alcanzado gracias al orden y las leyes lógicas y acertadas que hoy nos rigen. No podemos volver al salvajismo de los tiempos primitivos y vivir libres como animales, dominados por los instintos y actuando de manera irracional y perniciosa. Siento que seas insensata, nociva y que se te fuera la lengua, pero es mi responsabilidad reportar a la seguridad del Estado esta indiscreción que he grabado.

## ACERCA DE LA AUTORA

**Elssie Cano** nació en Ecuador y reside en Estados Unidos desde 1970. En 1990 obtuvo una licenciatura en Ingeniería Mecánica en The City College of New York y en 2001 una maestría en Educación Bilingüe en la Universidad Autónoma de Santo Domingo, República Dominicana. En 2020 gana una beca de New York University (NYU) Graduate School of Arts&Science para el programa Escritura Creativa-Ficción-M.F.A. Ha publicado *La otra orilla y otros relatos* (Cuento, Editorial Surco, 2000), *Fiptisio'89* es su traducción al inglés (Books&Smith New York Editors, 2020), *Mi maravilloso mundo de porquería* (Novela, 2024, galardonada con el Premio Primum Fictum de Editorial Librooks en Barcelona, España), *IDROVUS* (Novela, artepoética Press, 2018), *Creando a Eva* (Novela, artepoética Press, 2020). *Things I cannot say* (Novela, Nueva York Poetry Press, 2023), *Hay cosas que no puedo decir* (Novela, Nueva York Poetry Press, 2023). Ha coeditado *Residencia en Nueva York/ Cuentistas*

*Hispanos en (de) Nueva York* (Antología, Artepoética Press, 2021). La VI Feria Internacional del Libro LACUHE, Nueva York 2023 y la XVII Feria Internacional del Libro Lawrence, Massachusetts 2023 han sido dedicadas a su obra. Elssie es miembro del personal editorial de la revista *HYBRIDO Cultural Project for Latino Arts and Literature.*

# ÍNDICE

## Hay una bestia

# Fiction

## INCENDIARY

## *INCENDIARIO*

Homage to Beatriz Guido (Argentina)

1

*Alyz en New York Land*

**Novela**

Jesús Bottaro (Venezuela)

2

*Historia de una imaginación memorable*

**Novela**

Andrés Felipe López López (Colombia)

3

*Things I Cannot Say*

**Novel**

Elssie Cano (Ecuador)

4

*Hay cosas que no puedo decir*

**Novela**

Elssie Cano (Ecuador)

5

*Hay una bestia*

**Cuento**

Elssie Cano (Ecuador)

6

*El sueño de Torba*

**Novela**

Rafael Soler (España)

## Children's Fiction

### KNITTING THE ROUND

### *TEJER LA RONDA*

Homage to Gabriela Mistral (Chile)

## Drama

### MOVING

### *MUDANZA*

Homage to Elena Garro (México)

## Essay

### SOUTH

### *SUR*

Homage to Victoria Ocampo (Argentina)

## Non-Fiction

### BREAK-UP

### *DESARTICULACIONES*

Homage to Silvia Molloy (Argentina)

# POETRY
## COLLECTIONS

### ADJOINING WALL
### *PARED CONTIGUA*
**Spaniard Poetry**
Homage to María Victoria Atencia (Spain)

### BARRACKS
### *CUARTEL*
**Awards Winning Works**
Homage to Clemencia Tariffa (Colombia)

### CROSSING WATERS
### *CRUZANDO EL AGUA*
**Poetry in Translation (English to Spanish)**
Homage to Sylvia Plath (U.S.A.)

### DREAM EVE
### *VÍSPERA DEL SUEÑO*
**Hispanic American Poetry in USA**
Homage to Aida Cartagena Portalatin (Dominican Republic)

### FEVERISH MEMORY
### *MEMORIA DE LA FIEBRE*
**Feminist Poetry**
Homage to Carilda Oliver Labra (Cuba)

### FIRE'S JOURNEY
### *TRÁNSITO DE FUEGO*
**Central American and Mexican Poetry**
Homage to Eunice Odio (Costa Rica)

## INTO MY GARDEN

**English Poetry**

Homage to Emily Dickinson

## LIPS ON FIRE

## *LABIOS EN LLAMAS*

**Opera Prima**

Homage to Lydia Dávila (Ecuador)

## LIVE FIRE

## *VIVO FUEGO*

**Essential Ibero American Poetry**

Homage to Concha Urquiza (Mexico)

## REVERSE KINGDOM

## *REINO DEL REVÉS*

**Children's Poetry**

Homage to María Elena Walsh (Argentina)

## *STONE OF MADNESS*

## *PIEDRA DE LA LOCURA*

**Personal Anthologies**

(Homage to Alejandra Pizarnik)

## TWENTY FURROWS

## *VEINTE SURCOS*

**Collective Works**

Homage to Julia de Burgos (Puerto Rico)

## VOICES PROJECT

## *PROYECTO VOCES*

María Farazdel (Palitachi)

## WILD MUSEUM
## *MUSEO SALVAJE*
**Latin American Poetry**
Homage to Olga Orozco (Argentina)

## INTERNATIONAL POETRY AWARD
## *PREMIO INTERNACIONAL DE POESÍA NYPP*
**Award Winning Authors**
Homage to Feature Master Poets

Para los que piensan, como Albert Camus, que *el corazón humano tiene una fastidiosa tendencia a llamar destino solamente a lo que lo aplasta*, este libro se terminó de imprimir en el mes de enero de 2024 en los Estados Unidos de América.

www.ingramcontent.com/pod-product-compliance
Lightning Source LLC
Chambersburg PA
CBHW030555020726
47494CB00005B/1625

* 9 7 8 1 9 5 8 0 0 1 0 6 6 *